文艺学研究入门书系
吴子林 主编

国家社科基金重大项目"中国网络文学的文化传承与海外传播研究"
（21&ZD265）成果之一

NETWORK
LITERATURE

网络文学

陈定家◎著

浙江工商大学出版社 | 杭州
ZHEJIANG GONGSHANG UNIVERSITY PRESS

图书在版编目（CIP）数据

网络文学 / 陈定家著. -- 杭州 ：浙江工商大学出版社，2025.5. --（文艺学研究入门书系 / 吴子林主编）. -- ISBN 978-7-5178-6339-7

Ⅰ．I207.999

中国国家版本馆 CIP 数据核字第 2025GM0292 号

网络文学
WANGLUO WENXUE

陈定家 著

出 品 人	郑英龙	
策　　划	任晓燕	陈丽霞
责任编辑	金芳萍	李耀男
责任校对	林莉燕	
封面设计	朱嘉怡	
责任印制	屈　皓	
出版发行	浙江工商大学出版社	
	（杭州市教工路 198 号　邮政编码 310012）	
	（E-mail：zjgsupress@163.com）	
	（网址：http://www.zjgsupress.com）	
	电话：0571-88904980，88831806（传真）	
排　　版	杭州浙信文化传播有限公司	
印　　刷	杭州高腾印务有限公司	
开　　本	880 mm×1230 mm　1/32	
印　　张	8.25	
字　　数	165 千	
版 印 次	2025 年 5 月第 1 版　2025 年 5 月第 1 次印刷	
书　　号	ISBN 978-7-5178-6339-7	
定　　价	43.00 元	

总　序

主编这套书系的动机十分朴素。

文艺学在文学研究中一直居于领军地位，对于文学研究的各个领域有着重要的方法论意义。然而，真正了解文艺学研究现状及其态势者并不多。出于实用主义的考虑，大多数文学专业的本科生、研究生并未能较为深入地理解和把握"批评的武器"。为了满足广大文学爱好者、研究者的理论需求，我们组织编写了这套"文艺学研究入门书系"。

"文艺学研究入门书系"共10本，分别是《马克思主义文学理论》《文学基本理论》《中国古代文论》《西方文论》《比较诗学》《文艺美学》《艺术叙事学》《网络文学》《媒介文化》《文化研究》。这套书系的作者都是学界的中坚力量，他们在各自的领域深耕细作数十年，对其中的基本概念、范畴、命题，以及研究论题、研究路径、发展方向等都了如指掌，并有自己独到的见地。

"文艺学研究入门书系"旨在提供一个开放的思想/理论空间，每本书都在各章精心设计了"研讨专题"，还有相关的"拓展研读"，以备文学爱好者、研究者进一步阅读、探究之需，以期激活、提升其批判性的理论思维能力。

"文艺学研究入门书系"重视理论的指导性与实践性，在叙述上力求简明扼要、深入浅出，努力倡导一种学术性的理论对话，在阐释各种理论的过程中，凸显自己的"独得之秘"。

我希望"文艺学研究入门书系"的编写、出版对广大文学爱好者、研究者有所助益。让我们以昂扬奋发的姿态投身于这个沸腾的时代，用自己的双手和才智开创文艺学研究的美好未来。

是为序。

吴子林

2024 年 5 月 22 日于北京不厌居

目　录 //*Contents*

第五章 - 临屏起舞：网络文学的阅读与传播 —— *215*

第一章
/Chapter 1/

网站：网络文学的
"武库"和"土壤"

网络文学的产生和发展是一个极为复杂的命题，若要进行深入研究，必须对文学网站的产生和发展情况有所了解。互联网为文学开辟了一片无限广阔的新天地，网络技术为网络作家提供了继往开来的"十八般兵器"。如果借用马克思论希腊神话的一个著名比喻，对网络文学的创作、传播与接受来说，我们称网站为网络文学的"武库"和"土壤"似乎未为不可。彼得·考克润教授在给英国学者巴雷特的《赛伯族状态：因特网的文化、政治和经济》写的《前言》中说："写因特网发展方面的书，有点像用弓箭去射高速飞行的子弹。正当你用手指敲击键盘时，又有了新的发展。网络就如一头进化中的野兽，它以令人惊骇的步伐狂奔，为我们大家创造了新的机遇，也向我们提出了新的挑战。它一方面为几乎每一事物提供了在线通道，而另一方面它又可能令我们大失所望、沮丧万分，因为它如此缓慢、杂乱和不顺手。"[1] 彼

---

① 巴雷特：《赛伯族状态：因特网的文化、政治和经济》，李新玲译，河北大学出版社 1998 年版，"前言"，第 1 页。

得·考克润所说的这个令人沮丧的悖论，对于网络文学史的写作也完全适用。事实上，这个悖论存在于一切有关网络的著述之中。但是，我们也应该认识到，这种弓箭与子弹的差距，正好表明了网络技术所具有的革命性意义。当我们彻底放弃"弓箭"时，"它（因特网）可能是我们所拥有的全部"①。这让我们联想到陈村的一句红遍网络的名言——"以后所有的文学都是网络文学"！当"文学上网"和"上网文学"逐渐融合为"网上文学"时，所有文学都与文学网站有关，那时的网站，或许的确可能涵盖文学的全部。从这个意义上说，我们讨论网络文学比较可靠的方法或许就是"从上网开始，从网站出发"。

---

① 巴雷特：《赛伯族状态：因特网的文化、政治和经济》，李新玲译，河北大学出版社 1998 年版，"前言"，第 1 页。

第一节 •
汉语言文学网站概览 •

在讨论文学网站之前，有必要对一些基本概念做必要的界定。譬如，网络、网站和网页等就是一组容易混淆的概念，弄清这些概念及其相互之间的关系十分必要。按照欧阳友权主编的《网络文学词典》的定义，"网络是指用通信线路和通信设备将分布在不同地点的多台自治计算机系统互相连接起来，按照共同的网络协议，共享硬件、软件和数据资源的系统"[①]。根据维基百科的定义，网站（website）是指在互联网上，根据一定的规则，使用 HTML 等工具制作的用于展示特定内容的相关网页的集合。简单地说，网站是一种通信工具，就像布告栏一样，人们可以通过网站来发布自己想要公开的信息，或者利用它来提供相关的网络服务。人们可以通过网页浏览器访问网站，获取自己需要的信息或者享受网络服务。

网站是发布信息的特定网页的集合体，网址是其存在的

---

① 欧阳友权主编:《网络文学词典》，世界图书出版广东有限公司 2012 年版，第 2 页。

标志。网站地址的表现形式通常为一连串分隔字母，即"域名"。网络用户在网络浏览器的地址栏中输入相应域名，即可访问对应的网站，并获取自己所需的资讯或服务。简言之，网站是互联网上信息集合的基本单元，而构成网站本身的基本元素是"网页"。

对早期的因特网而言，网站还只是一些单一的文本文件，一页页的文本便构成其主要内容，因此有"网页"之称。不同的网页通过"超链接"实现互相关联和访问。随着互联网的发展，网页的内容也不再局限于纯文字文本，而是演变成了集图像、音频、视频于一身的超文本集合体。如今的网站，实际上就是一个图文并茂、音画俱全的巨型"超文本"。《网络新新词典》的编撰者形象地说："网站就是网络上的一个可寻址的空间，它的域名就如同房屋的门牌号码，可以让用户通过浏览器进行访问。而网站的内容就是其创建者想要提供给用户的信息、服务与咨询。从 1989 年首个网站出现，到如今全球网站总数已突破 2 亿，其发展与互联网普及的迅猛趋势同步。从类型上来看，也从一开始的单一网站分化出了官方网站、个人网站、综合门户网站、论坛社区等众多分支。可以说，正是各色纷呈、五花八门的网站，构成了互联网欣欣向荣的基石。"① 明白了网站的含义，何为

---

① 风君编著：《网络新新词典》，新世界出版社 2012 年版，第 3 页。

"文学网站"就不难理解了。

欧阳友权是最早探讨文学网站的专家之一。他主编的《网络文学词典》对"文学网站"进行了如下定义：

> 文学网站　文学网站是专门收揽、贮藏、传播与发布文学信息的网络节点，一般由文学机构、文学社团、文化公司或文学网民个人建立，是文学在网络虚拟空间的聚散地，也是网络文学作品的承载体。文学网站是集原创作品征集、文学资讯和评论、图书编著出版、新书发布以及互动交流等为一体的文学专业网站。按其内容，大致分为综合性文学网站和专门性文学网站。综合性文学网站登载小说、诗歌、散文、戏剧、文学评论等各类体裁作品，满足各类文学爱好者的需求，因此拥有较大的读者群，如"榕树下"等。专门性文学网站则是以打造某一体裁为主的文学网站，如诗歌、小说、戏剧等，代表性的网站有中国诗歌网、小说阅读网等。国内的文学网站从最早的"榕树下"发展至今已有十几年的历史，在众多文学网站中，起点、晋江、红袖、幻剑、榕树下、猫扑、天涯、清韵等文学网站更为引人关注。个人文学主页与文学网站的区别在于，文学主页自己不具有网络服务器，而需

要以特定 IP 地址在某一文学网站申请网络空间；文
学网站则自带服务器，只需用自己的域名接通互联
网，无须向他人申请空间，因而文学网站的贮存与
传送空间比个人文学主页要大得多。[①]

欧阳友权对"文学网站"的定义，已被学术界广泛接
受。例如，罗诗咏的《中国文学网站二十年》一文，在界定
"文学网站"时即使用了上述定义："文学网站是专门收揽、
贮藏、发布与传播文学信息的网络节点，由文学机构、文学
社团、文化公司或文学网民个人建立，是文学在网络虚拟空
间的聚散地，也是网络文学作品的承载体。"[②]欧阳友权指
出："互联网的文学载体除了文学网站和文学主页以外，还
有非文学网站，特别是门户网站的文学（文化）频道、文学
栏目、文学社区、文学论坛，以及 BBS 公告板、网络聊天
室，还有 ICQ、OICQ、电子邮箱、个人博客，以及由各类
网络软件形成的交往空间（如 MSN、QQ、Skype 交流软件）
等。近年来迅速普及的手机用户及其越来越受到关注的'手
机文学'（或'短信文学'），它们存在于数字媒体的网络终
端，这里虽然不是纯粹的文学空间，但它们中无疑存在诸多

---

① 欧阳友权主编：《网络文学词典》，世界图书出版广东有限公司 2012 年版，第
56 页。
② 罗诗咏：《中国文学网站二十年》，《网络文学评论》2018 年第 6 期。

的文学内容或文学要素，因而也可以算作是广义的网络文学载体。"①

除此之外，有关中国文学网站的发展情况，马季的《读屏时代的写作：网络文学10年史》、周志雄的《网络空间的文学风景》、蒙星宇的《网里花落知多少——北美华文网络文学二十年研究（1988—2008）》、肖惊鸿主编的《网络文学平台指南》、邵燕君和肖映萱主编的《创始者说：网络文学网站创始人访谈录》以及邵燕君和李强主编的《中国网络文学编年简史》等，都有比较深入具体的描述。这里根据上述著作、百度百科和知网上所能检索到的相关资料，结合网络作家作品，对中文网络文学及其网站30多年的发展史，进行一个大写意式的勾画。

中文网络文学网站的发展大致可以分为以下三个阶段：

一、海外萌芽期（1991—1994）。这个时期的创作主体是海外的中国留学生及一些海外文学爱好者，他们中的很多人有较好的文学素养。因为海外的中文报刊较少，网络的出现为他们提供了很好的文学传播载体。对于他们来说，网络只是一个传播途径，网络上的文学与报刊上的文学差别不大，他们中的很多人此前在传统文学媒体上发表或出

---

① 欧阳友权主编：《网络文学发展史——汉语网络文学调查纪实》，中国广播电视出版社2008年版，第1页。

版过作品。

二、国内萌发期（1995—2002）。这个时期，中国的网络基础设施建设开始全面铺开，BBS 论坛、文学网站开始大量涌现，中国有了第一批文学网民。网上出现了一些有影响力的业余文学作者创作的文学作品，涌现了一批网络"人气"作者，他们的作品从网上走红到纸质出版，引燃图书市场，引起了人们的强烈关注。这个时期的代表性文学网站是"榕树下"，代表性文学作者是蔡智恒、李寻欢、安妮宝贝、邢育森等，他们的作品与传统文学作品有明显的差别，总体上比较粗糙，并没有形成稳定的风格。

三、全球发展期（2003 年以后）。这一时期，中国网民数量直线上升，至 2008 年中国网民数量已位居世界第一，网络普及率已接近世界平均水平。这个时期，网络上推出了很多有分量的文学作品，通过网络发表作品的高素质文学作者越来越多，主要门户网站推出的"博客服务"使个人网站得以广泛普及，文学网站的"VIP 运营模式"①尝试成功。网络文学的通俗化倾向开始形成，玄幻、武侠、悬疑、言情、盗墓、历史等通俗题材火遍网络，网络成为通俗文学繁荣的新平台。

---

① VIP 付费阅读模式的建立是中国网络文学发展进程中最重要的里程碑事件，中国网络文学从此进入高速成长的商业化阶段。参见邵燕君、李强主编：《中国网络文学编年史简史》，北京大学出版社 2023 年版，第 50 页。

2008 年前后，影响较大的"小说阅读"网站主要有：起点中文网、小说阅读网、红袖添香、世纪文学、新浪读书、幻剑书盟、榕树下、啃书网、晋江原创网、潇湘书院、万壑松风、翠微居、凤鸣轩言情小说网、小说吧、四月天言情原创网、白马书院、逐浪文学网、爬爬书库、17K 文学网、异侠小说网、去看书小说网、白鹿书院、读一读小说网、思源中文网、君子堂、今日小说排行榜、天下书盟、烟雨红尘原创文学网、连城读书等。^① 这些文学网站在数字化生存的浪潮中沉浮无定，有的是风流早被雨打风吹去，但有的仍旧是万紫千红春满园。

不少大型门户网站或"文化文学"类网站，曾经或依旧给网络文学留出了重要位置，例如：腾讯读书频道、搜狐读书频道、西陆文学网、且听风吟、萌芽、故事会、百度国学频道、好心情美文站、读者网、青年文摘网、中华网－读书频道、超星数字图书馆、爱诗词、国家数字图书馆等。^②

在网络文学发轫之初，"文学论坛"是最早的铁杆网友们谈文论艺的主要场所。如今，众多"文学论坛"依然是网络文学大有作为的广阔天地。例如：我不知道中文论坛、新浪读书论坛、百度小说吧、读书社区－搜狐、豆瓣读书－书

---

① 欧阳友权主编：《网络文学发展史——汉语网络文学调查纪实》，中国广播电视出版社 2008 年版，第 3—4 页。
② 欧阳友权主编：《网络文学发展史——汉语网络文学调查纪实》，中国广播电视出版社 2008 年版，第 4 页。

评、啃书论坛、舞文弄墨－天涯社区、莲蓬鬼话－天涯社区、小说阅读网 BBS、红袖论坛……①

　　这里的排序看似有点随意，但其实是综合了大量统计数据，经过极为精确的计算得出的结果。我们注意到，起点中文网、小说阅读网、红袖添香、新浪读书、幻剑书盟、榕树下、潇湘书院、17K 文学网等，这些至今声名煊赫的网站都排在相对靠前的位置。从一定意义上说，这也算得上是此类排行榜单合理性和公正性的一种体现。据中国文学网不完全统计，目前，以文学命名的文学网站有 1000 多家。这个数字与牛华网等媒体所说的 300 多家有较大差距。产生这个差距的主要原因有如下两点：第一，统计范围的差异。中国文学网的统计范围并不局限于中国大陆，北美和中国港澳台等地的中华文学网都被计算在内，而牛华网等媒体的统计范围主要局限于中国大陆。第二，统计时段上的差异。中国文学网将《华夏文摘》这些基本远离文学的网刊和已经基本退出历史舞台的网站也统计在内，而这类将被写进网络"考古学"的网站显然不在牛华网等媒体的统计范围之内。

① 欧阳友权主编：《网络文学发展史——汉语网络文学调查纪实》，中国广播电视出版社 2008 年版，第 4 页。

第二节
形形色色的"文学网站排名"

　　尽管如此，牛华网的编辑为风头正劲的一些著名文学网站所做的一个排行榜，在网上颇有影响力。以下是2012年牛华网的编辑依据权威的流量监测网站Alexa形成的统计报告：

　　一、起点中文网（www.qidian.com）

　　起点中文网在Alexa上全球综合排名第601位，国内排名第100位。

　　起点中文网创立于2001年11月，是一家以发布娱乐文学为主的原创文学网站。改编自起点女生网人气小说《步步惊心》的同名电视连续剧播出以来，得到火热评论。起点白金作家天蚕土豆的《斗破苍穹》总字数高达530多万，该作目前已经被改编成网络游戏。该网站2004年被盛大收购。

　　二、幻剑书盟（www.hjsm.tom.com）

　　幻剑书盟在Alexa上全球综合排名第665位，

国内排名第 112 位。

幻剑书盟创立于 2001 年 5 月，由书情小筑、石头书城、小书亭等网络文学爱好者所创立的文学书站合并而成。创站伊始，致力于网络文学的发展。广聚网络写手，开创网络奇幻、武侠盛世。奇幻武侠方面在国内文学网站中独占鳌头，幻剑书盟目前收录作品以武侠和奇幻为主。

三、纵横中文网（www.zongheng.com）

纵横中文网在 Alexa 上全球综合排名第 2677 位，国内排名第 350 位。

纵横中文网创办于 2004 年 5 月，完美时空投资成立，网站此前只是无名小卒，但在 2010 年强势崛起。纵横在作者待遇方面，是最为慷慨的，这是任何一个网站都无法比拟。该小说阅读网主要提供原创小说和网友自荐（的小说），该网站风格简洁，没有眩杂广告，深受广大小说爱好者的喜爱。

四、小说阅读网（www.readnovel.com）

小说阅读网在 Alexa 上全球综合排名第 3339 位，国内排名第 404 位。

（该网站）成立于 2004 年 5 月，成立之初，就以其独特的风格和丰富的内容受到广大文学小说爱好者的推崇，靠广大会员自发的推荐等，目前日访问量近6000万，每天在线用户200万，原创作品达280万。读者年龄普遍偏低，小白文居多，适合新人发展。该网站2010年被盛大收购。

五、晋江原创网（www.jjwxc.net）

晋江原创网在Alexa上全球综合排名第3488位，中国排名第493位。

网站创立于2003年8月1日，是全球最大女性文学基地。

晋江原创网具备完善的投稿系统、个人文集系统、媒体联络发表系统及高创作水平的原创书库。2008年被盛大收购。

六、潇湘书院（www.xxsy.net）

潇湘书院在Alexa上全球综合排名第4966位，国内排名第666位。

网站创办于2001年，目前潇湘书院已经发展成为集原创、武侠、言情、古典、当代、科幻、侦探等门类齐全的公益性综合小说阅读网站。该网站2010年被盛大收购。

七、17K文学网（www.17k.com）

17K文学网在Alexa上全球综合排名第6423位，国内排名第683位。

成立于2006年5月，17K小说网是中国数字出版领跑者——中文在线旗下的国内知名文学品牌，是一家集网络文学版权收集、版权交易、版权推广等服务为一体，具有文学专业性的网站平台，17K 小说网日均访问量超 3000 万，手机平台网日均访问量超 5000 万。目前像《鸿门宴》《钱多多嫁人记》《后宫——甄嬛传》《建党伟业》《非诚勿扰》《李春天的春天》《诡案组》等众多同名影视热播的作品也均授权在 17K 小说网上连载。

八、红袖添香（www.hongxiu.com）

红袖添香在 Alexa 上全球综合排名第 6672 位，国内排名第 933 位。

网站创办于 1999 年 8 月，是目前国内最具影响力的纯文学网站，已经形成了以女性为阅读受众、言情小说为特色的原创氛围，深受白领女性喜爱，该网站 2007 年被盛大收购。

九、逐浪网（www.zhulang.com）

逐浪网在 Alexa 上全球综合排名第 11696 位，国内排名第 1092 位。

逐浪网成立于 2003 年 10 月，前身为国内著名的文学站点——文学殿堂，曾经获得电脑报编辑选择奖和二十大个人站称号。2006 年 6 月，逐浪网归入大众书局旗下，被收购后的逐浪网发展迅猛。六道的《坏蛋是怎样炼成的》连载以来得到读者火热追捧,《坏蛋是怎样炼成的2》单章订阅突破2万人次。

十、榕树下(www.rongshuxia.com)

榕树下在Alexa上全球排名第17876位,国内排名第2755位。

榕树下全球中文原创作品网源于1997年12月25日美籍华人朱威廉创作的一个个人主页。榕树(下)作为网络中的最早文学网络,其影响是不言而喻的。它的综合影响力(很大),在万千文学青年心里,它就是一座文学圣殿,几乎所有的网络写手都在那里发过作品。时至今日,榕树(下)已经成为网络文学的代名词了。该网站2009年被盛大收购。

目前起点仍占领着领先的地位,幻剑书盟紧跟其后,纵横排在第三,几家网站都有角逐兴亡尽此中之势。盛大旗下的网站包括起点中文网、潇湘书院、小说阅读网、晋江原创网、红袖添香、榕树下。前十大网站其中有6家被盛大收购,盛大网络已经独占半边天。①

---

① 宿倩倩:《国内十大文学网站排名 盛大文学独占半边天》,2012年2月17日,http://www.newhua.com/2012/0217/146083.shtml,2024年8月16日。

值得注意的是，尽管互联网进入了"云计算"时代，但互联网上究竟有多少文学网站和文学网页，这显然是一个难以精确统计的数据。各类统计数据具有很大的伸缩性，文学网站的统计数据就像股票市场上起伏不定的股指一样，几乎每时每刻都会有变化。

几乎在牛华网发布文学网站排行榜单的同时，有学者提供了一个很不同的统计数据："原创文学网站全面迅猛发展。iResearch 推出的 iUserTracker2014 年 1 月数据显示，文学网站日均覆盖人数 1284.5 万人。其中，'起点中文网'日均覆盖人数达 174 万人，位居第一，'晋江文学城'紧随其后。"[①] 这里又牵扯到另一个概念——"文学原创网站"。

众所周知，文学网站在草创之时，通过电子化处理把文学名著搬上网络，目的是提升网站的艺术品位，吸引更多网民点击，增加访问量。而遍观如今的起点中文网、榕树下、幻剑书盟、红袖添香、晋江文学城等 5 家著名文学网站，几乎找不到经典名著的踪影了，取而代之的是清一色的原创文学作品。[②]

---

① 孙国钰：《论原创文学网站 VIP 付费阅读制度的生存环境》，《出版发行研究》2014 年第 6 期。
② 吴华、段慧如：《文学网站的现状和走势——基于五家著名文学网站的实证考察》，《湘潭大学学报（哲学社会科学版）》2012 年第 6 期。

2014 年 9 月，"站长之家"[①] 提供了一个文学网站排行榜。该排行榜根据 Alexa 全球网站排名、PR 值 [②] 及百度权重等因素进行综合评分，然后根据得分高低，列出了一个由 148 家文学网站组成的名单，网站名都附有超链接，可以直接访问这些网站的概况，是一份了解文学网站生存状况和发展态势的重要资料。将其与前面的"排行榜"稍做比较，我们不难看出，在"10 年大盘点"之后的五六年间，网络文学网站所发生的一些微妙变化。上述"站长之家"文学网站排行榜中所列举的 148 家网站分别是：

1. 起点中文网；

2. 纵横中文网；

3. 17K 小说网；

4. 晋江文学城；

5. 小说阅读网；

6. 新浪读书；

7. 潇湘书院；

8. 顶点小说；

---

① 站长之家（中国站长站）创建于 2002 年 3 月，是一家专门为中文站点提供资讯、技术、资源、服务的网站，拥有最专业的行业资讯频道、国内最大的建站源码下载中心、站长聚集的交流社区、最大的建站素材库、最实用的站长工具，除此之外，该网站还提供了很多专门针对网站建设的特色服务。

② 网站的 PR（Page Rank）值，是 Google 搜索排名算法中的一个组成部分，级别从 1 到 10 级，10 级为满分。PR 值越高，说明该网站在搜索排名中的地位越重要，也就是说，在其他条件相同的情况下，PR 值高的网站在 Google 搜索结果的排名中有优先权。

9. 书包网；

10. 逐浪网；

11. 豆瓣读书；

12. 起点女生网；

13. 红袖添香；

14. 看书网；

15. 凤凰读书；

16. 飞卢中文网；

17. 言情小说吧；

18. 六九中文网；

19. 搜狐读书；

20. 腾讯读书；

21. TXT 小说下载网站；

22. 散文网；

23. 找小说网；

24. 3G 书城；

25. 书书网；

26. 超星网；

27. 短文学网；

28. 书香电子书；

29. 文章阅读网；

30. 凤鸣轩；

31. 派派小说论坛；

32. 磨铁中文网；

33. 卡努努；

34. 榕树下；

35. 塔读文学网；

36. 散文吧；

37. 九九文章网；

38. 天天小说网；

39. 烟雨红尘；

40. 亲亲小说网；

41. TXT 小说网；

42. 墨坛文学；

43. 飞库网；

44. 半壁江中文网；

45. 爱 TXT 电子书论坛；

46. 好心情原创文学；

47. 轻之国度；

48. 起点文学网；

49. 就爱读书网；

50. 随梦小说网；

51. 78 小说网；

52. 书生读吧；

53. 龙的天空；

54. 搜娱中文网；

55. 八月居；

56. 幻剑书盟；

57. 浩扬电子书城；

58. 天下书盟网；

59. 豆豆小说阅读网；

60. TXT 之梦电子书论坛；

61. 请看小说网；

62. E 书吧；

63. 书香门第；

64. 雨后池塘；

65. 一起写网；

66. 伍九文学；

67. 新笔下文学；

68. 汉王书城；

69. 89 文学网；

70. 八一中文网；

71. 轻小说文库；

72. 美文网；

73. 畅想听吧；

74. 豆丁中文网；

75. 官术网；

76. 四月天言情小说网；

77. 九六城堡小说论坛；

78. 博看网；

79. 耽美中文网；

80. 江苏发行网；

81. 书旗小说网；

82. 笔趣阁；

83. 世纪文学；

84. 言情小说大全；

85. 58 小说网；

86. 惠天听书网；

87. 读读窝小说网；

88. 超星读书；

89. 阿巴达小说下载网；

90. 翠微居小说网；

91. 无限小说网；

92. mp3 小说散文；

93. 一千零一页小说网；

94. 白鹿书院；

95. 博群 E 书吧；

96. 每日一文；

97. 全本小说网；

98. 北京爱书；

99. 大家读书院；

100. 我爱电子书；

101. 比奇中文网；

102. 77119 电子书下载；

103. 掌上书苑；

104. 800 小说网；

105. 书旗网；

106. 哈十八；

107. 零点书屋；

108. 我心依旧心情驿站；

109. 龙若中文网；

110. 读一读小说网；

111. 品味吧；

112. 内在空间；

113. 爱情故事网；

114. 一品故事网；

115. 墨斋小说网；

116. 天天中文；

117. 九月网；

118. 冰火中文网；

119. 溜达 TXT 电子书论坛；

120. 追客小说阅读网；

121. 33 小说网；

122. 阿甘小说网；

123. 字节社；

124. 好读 1；

125. 落秋中文网；

126. 无名小说网；

127. 114 中文网；

128. 书朋电子书；

129. 中国文学论坛；

130. 爱读屋；

131. 百书斋；

132. 好心情网；

133. 123 读小说网；

134. 飞翔下载；

135. 燃文小说；

136. 读客网；

137. 凤舞文学网；

138. SAE 天空；

139. 中国文学网；

140. 星云搜盟；

141. 读看看小说网；

142. 3k 小说；

143. 笔下中文小说网；

144. 一流小说；

145. 汇贤卡盟；

146. 骨头船；

147. 若雨中文网；

148. 大文学小说网。

值得注意的是，这只是一个以综合得分为序的排名。统一排名表中，还包含着其他三种排序方式。如根据 Alexa 全球网站排名，前十名文学网站分别是：

1. 起点中文网；2. 晋江文学城；3. 17K 小说网；4. 看书网；5. 顶点小说；6. 纵横中文网；7. 潇湘书院；8. 笔趣阁；9. 言情小说吧；10. 起点女生网。

而按百度权重排序，前十名文学网站则是：

1. 起点中文网；2. 纵横中文网；3. 17K 小说网；4. 晋江文学城；5. 小说阅读网；6. 顶点小说；7. 书包网；8. 潇湘书院；9. 逐浪网；10. 起点女生网。

按 PR 排序，排行榜前十名则是：

1. 新浪读书；2. 起点中文网；3. 纵横中文网；4. 17K 小说网；5. 潇湘书院；6. 豆瓣读书；7. 红袖添香；8. 凤凰读书；9. 搜狐读书；10. 腾讯读书。

上述排名结果，与中商产业研究院于 2013 年 8 月发布的《2013 年 7 月网络文学网站访问排行榜》的结果"1. 起点中文网；2. 小说阅读网；3. 新浪读书；4. 17K 小说网；5. 纵横中文网；6. 晋江文学城；7. 凤凰读书；8. 红袖添香；9. 言情小说吧；10. 潇湘书院"基本吻合。①

在研究了无数类似的排行之后，我们发现，无论排行榜的参照因素如何变化，排行结果都大同小异。从其正面意义来说，排行榜具有一定的科学性和代表性；从其负面意义来说，排行榜千篇一律，缺少创新意义。值得注意的是，在各类网络文学网站排行榜中，基本上看不到中华网络文学早期的那些具有开创之功的重要网站的影子，譬如"新语丝""橄榄树""花招"等。更令人遗憾的是，迄今为止，网络文学网站基本上还是一个文学学术研究视野之外的领域。在汗牛充栋的网络文学研究著述中，以文学网站为研究对象的专著实在太少。众多排行榜之类令人望而生厌的表格或统计资

---

① 上述文学网站排名统计资料大都为约十年前的调研结果。近十年来，文学网站变化极为复杂。就近几年大多数网络作家和读者的关注热度看，保持着较高活跃度的文学网站主要有：1. 阅文集团旗下系列网站（包括起点中文网、起点女生网、云起书院、潇湘书院、红袖添香、创世中文网）；2. 晋江文学城；3. 掌阅科技旗下网站（包括红薯网、掌阅文化、趣阅科技、若看文学、速更小说）；4. 逐浪小说网；5. 17K 小说网；6. 咪咕文学网；7. 看书网；8. 火星小说；9. 掌中云文学；10. 长佩文学网；11. 磨铁文学旗下网站（包括来看中文网、锦文小说网、逸云书院、醉唐中文网、墨墨言情网）；12. 黑岩网；13. 爱奇艺小说；14. 番茄小说网；15. 刺猬猫；16. 有毒小说；17. 纵横中文网；18. 阿里巴巴文学旗下网站（包括书旗小说、淘宝阅读、UC 小说）；19. 知乎盐选；20. 息壤中文网；21. SF 轻小说；22. 飞卢小说网；23. 七猫中文网；等等。当然，文学网站的形式千变万化，这个名单也难免挂一漏万。

料，一直是人文学者们避之唯恐不及的东西，仅此一点，就足以使那些原本打算一窥文学网站之壶奥的学者退避三舍。当然，网站毕竟是一个技术含量较高的话题，有些人或因力有不逮而无从置喙，更多人或因兴味索然而嗤之以鼻。但是，文学网站无疑是网络文学得以生长的土壤。研究网络文学史，不能不研究文学网站，尤其是要研究那些最早的汉语言文学网站，即最早出现在北美的那些华文文学网站。

第三节 ●
海外华文文学网站及其影响 ●

　　北美华文文学网站拥有中华网络文学之"发源地"的重要地位。但对早期文学网站的研究，目前还没有得到学术界应有的重视。在为数不多的研究成果中，有两篇博士论文极为引人注目，为相关研究提供了极为宝贵的资料，它们是蒙星宇的《北美华文网络文学二十年研究（1988—2008）》（暨南大学）和林雯（笔名施雨）的《论北美华文网络文学的第一个十年》（福建师范大学）。蒙星宇的博士论文，对北美华文网络文学网站进行了比较细致的梳理和分析。如1993年4月创建的"窗口"、1993年6月创建的"枫华园"、1994年1月创建的"未名"、1995年3月创建的"橄榄树"、1996年1月创建的"花招"、1996年11月创建的"涩桔子的世界"、1997年4月创建的"文学城"、1997年12月创建的"一角"、1998年1月创建的"晓风"、1998年3月创建的"音像评论"、1998年6月创建的"华人之声"、1999年1月创建的"汉林书讯"、1999年6月创建的"六朝评论"、1999年9月创建的"青青草"、1999年12月创建的

"北美行"、2003年创建的"文心社"、2004年创建的"纵横大地"、2005年创建的"北美女人"、2006年创建的"火凤凰"等。^①蒙星宇的博士论文后以《网里花落知多少——北美华文网络文学二十年研究（1988—2008）》为题出版。这个书名对众多昙花一现的网站、网刊和某些"影子倏尔一现、从此不再相见"的网络作者来说，堪称神来之笔。

施雨的博士论文以几家典型的、极具代表性的北美网络文学社群（论坛、网刊和网站）为研究对象，对发表在这些网络媒体上的文学作品及其作者进行个案研究与文本分析，提供了许多宝贵资料。例如，作者不仅对《华夏文摘》、BBS-ACT的诞生过程进行了学理化探讨，而且还对众多北美网刊如《枫华园》（1993年）、《新语丝》（1994年）、《橄榄树》（1995年）、《花招》（1996年）、《国风》（1997年）等的基本情况进行了力所能及的探索。作者还着重评介了"文学城""银河网""文心社"等"北美互联网三个大型文学网站"的兴衰成败。^②作为北美早期网络文学的参与者和见证人，施雨的研究成果具有很高的学术史价值。

特别值得注意的是，上述两篇博士论文都对《华夏文摘》和《新语丝》等刊物有比较深入的研究，并归纳和总结

---

① 蒙星宇：《北美华文网络文学二十年研究（1988—2008）》，博士学位论文，暨南大学2010年，第7页。
② 林雯（笔名施雨）：《论北美华文网络文学的第一个十年》，博士学位论文，福建师范大学2012年，第8页。

了许多与网络文学产生发展密切相关的重要信息。

欧阳友权、黄鸣奋、马季、黄绍坚、李大玖、周志雄等人也在相关文章中，对早期网络文学发表了不少真知灼见。周志雄在一篇博客文章中对早期网络文学发展过程中的一些大事件进行了学理化梳理，其文言语简练，线索明朗，对我们了解北美早期网站的情况具有重要参考价值。根据上述专家们提供的信息，我们可以简要地勾画出早期华文文学网站及其发展状况的一个基本轮廓。

1991年4月5日，全球第一家中文电子周刊《华夏文摘》在美国诞生。这份电子周刊主要是刊登从国内外的报刊上精选的新闻作品，也发表一些文学原创作品。由于多数研究者认为，该网刊是最早的中文电子刊物，所以，网络文学史上的不少"第一"便顺理成章地被归结到了该刊的名下。如：张郎郎的《不愿做儿皇帝》于1991年4月16日发表在该刊第3期上，被说成是第一篇中文网络文学作品；马奇（即少君）的《奋斗与平等》于1991年4月26日发表在该刊第4期上，被认为是第一篇中文原创网络小说；也有人认为1991年11月1日发表在该刊第31期上的《鼠类文明》（佚名）是第一篇中文原创网络小小说。

除《华夏文摘》外，王笑飞的中文诗歌通讯网、魏亚桂等人创办的新闻组（ACT）、方舟子等人创办的《新语丝》等，都是北美网络文学的重要发源地。ACT的出现具有标志性意义，它是汉语言文学王国造访国际互联网帝国的第一位使者，是当时第一家可利用的中文网络交流平台。有学者指出，ACT 激发了身在异乡的中国留学生们对中国本土文化的热情，以及潜意识中对英语霸权的抵制。ACT 在 1994年、1995 年前后进入繁盛时期，留学生们在 ACT 上发表了大量的汉语文学作品，包括小说、散文、诗歌等题材。图雅、百合的小说和散文，莲波、方舟子的散文，受到了网上文学爱好者的欢迎。ACT 的另一个贡献是当时网友们将很多经典文学书籍以打字录入的方式电子化，如《庄子》《离骚》《水浒传》《三国演义》《围城》《北方的河》《红楼梦》《唐诗三百首》《天龙八部》《倚天屠龙记》等，就是在这个时候第一次实现"数字化生存"的。当时，在中文电子扫描识别技术还没有被开发出来的情况下，这些海外文学爱好者凭借敲打键盘的艰辛劳动，为后来中文文学书籍电子化打下了基础。

1995 年 3 月，诗阳、鲁鸣在美国创办了网络文学刊物《橄榄树》。最初的《橄榄树》只是一份单纯的诗歌刊物。1997 年，《橄榄树》改变了编辑方针，既发表小说、评论、散文、诗歌，也发表翻译作品、社会评论等，打破了创刊初期的封闭的文学小圈子。《橄榄树》吸引了大批诗人、作家的加盟，如北岛、京不特、严力、翟永明、吴晨骏、陈希我、陈东东、虹影、何小竹、拉家渡等，产生了较大的影响。

1996 年，美国硅谷的花招公司创办了《花招》女性文学月刊，这是一份网络出版刊物，其定位是大众娱乐性读物。后来相继出版了《花絮》生活周刊、《花边》新闻日刊、《花会》通俗小说选刊、《花雕》古典文学季刊。遗憾的是，早年众多热热闹闹的网站与网刊，在数字化的浪潮中渐渐销声匿迹。"任他当年花似锦绣，落红满地无人收。"

1997 年 4 月，在美国的中国留学生陈茂等人创办了"文学城"。据业内人士称，"文学城"是全球最早商业经营成功的中文网络文学网站，创办不久就成了海外流量最大的中文文学类网站。该网站除小说外，还建有经、史、子、集等大型电子文库。据蒙星宇考证，该网站不仅是最早实现网页直接显示跟帖内容的中文网站之一，而且还是最早成功运用 Web 2.0 互动理念的文学网站。网友自发撰写的大量文摘、短信、跟帖等，极大地丰富了网站内容。该网站创办后不到一年，累计访问量就高达 174 万人次。1999 年春，它被 Chinagate.Inc. 公司收购。1999 年初，汤大立等人创办的"银河网"是始终坚持非商业化运营的大型中文网络文学网站。它被蒙星宇说成是"当时全球中文网络写作规模最大的，作者读者最为集中、活跃和高质的网络平台之一"。"银河网"在最繁盛的时候曾推出 160 位海外中文网络作家的专栏，2002 年与中国青年出版社合作出版了"银河网络丛书"。由于坚持非商业化理念，多次拒绝资本收购，2003 年初"银河网"结束运营，这标志着大规模非营利模式的文学网站时代的结束。[1]

但是，北美坚持非营利模式的中文网络文学网站数量仍然很大，不过都是些规模相对较小的网站，如"新语丝"、"橄榄树"、"一角"（1997年12月创建）、"晓风"（1998年1月创建）、"音像评论"（1998年3月创建）、"华人之声"（1998年6月创建）、"汉林书讯"（1999年1月创建）、"六朝评论"（1999年6月创建）、"青青草"（1999年9月创建）、"北美行"（1999年12月创建）、"北美女人"（2001年创建）、"火凤凰"（2003年创建）、"纵横大地"（2004年11月创建）等。[2]

其实，这里所说的网站，大多只是一些类似于《华夏文摘》的电子杂志。世界各地中国学生学者联谊会主办的电子杂志还有很多，如美国的《威斯康星大学通讯》《布法罗人》《未名》，加拿大的《联谊通讯》《红河谷》《窗口》《枫华园》，德国的《真言》，英国的《利兹通讯》，瑞典的《北极光》《隆德华人》，丹麦的《美人鱼》，荷兰的《郁金香》，日本的《东北风》等。这些刊物都在不同程度上成为网络文学的摇篮。由此可见，中国网络文学的诞生与发展是和海外汉

---

① 蒙星宇：《网络少君》，九州出版社2011年版，第30—31页。
② 蒙星宇：《网络少君》，九州出版社2011年版，第31—32页。

语网络文学的影响分不开的。[①]

如前所述，海外中文网络文学的编辑和写作成员的主体是海外留学生，他们在异国他乡留学，文学是他们寄托怀乡之情的一个重要载体，网络的出现为他们提供了一种很好的文学交流方式，他们可以不受版面和发行量的限制，快捷地交流在异国他乡的共同感受。海外中文网络文学与后来兴起的国内网络文学的共同点是，从作者上说以理工科专业出身的业余作者居多，从体裁上说以散文和杂感居多，整体上文学水平较高，也不乏深有影响的作品。其中，散文、随笔、诗歌的成就超过了小说。文学成就较高的作者有图雅、少君、滴多、曾晓文等。然而，国内对海外网络文学的介绍并不多，也很少有人涉足这一领域的研究。国内出版较早的相关作品文集主要有：《在美国的一种成长——我们在美国》（中国社会出版社 1998 年版）、《美利坚的天空下——在美留学生情爱故事》（中国社会出版社 1999 年版）、《在橄榄树间走过》（河北人民出版社 2000 年版）、《谁的思绪比大地走得更远》（上海文艺出版社 2000 年版）、《偷来的午后》（九州出版社 2005 年版）等。

少君曾撰文指出："中文电脑网络杂志已成为传播华文文学创作的最佳途径，其影响力远远超过了报纸和文学杂志

---

① 黄鸣奋：《网络华文文学刍议》，《华侨华人历史研究》2002 年第 1 期。

的作用，成为北美华人（特别是知识分子阶层）汲取中华文化的主要渠道。"① 早期北美网络文学的积极意义是多方面的。首先，它宣告了中华网络文学的诞生；其次，它实现了包括北美、欧洲以及亚洲（如日本）在内的全球华文圈内文学爱好者之间的快捷交流。此外，《新语丝》《橄榄树》《花招》等文学网刊为国内文学网站的经营运作树立了榜样。从一定意义上说，中华网络文学诞生在地球的另一边，这是一个史无前例的文学大事件。网络文学的问世，不仅仅缘于天涯游子的精神寄托，不仅仅是一种留洋学子的精神回归，甚至也不仅仅是中华文化输出的一种审美文化反哺，而是一个全球化时代歌德和马克思所预言的"世界文学"的一次辉煌壮丽的日出！

　　1997 年，美籍华人朱威廉创立了榕树下全球中文原创作品网站及榕树下传媒公司。据称，榕树下全球中文原创作品网站不仅是全球最大的中文文学网站之一，而且是国内第一家专业的文学网站。榕树下受到海外中文文学网站的影响相当明显，例如，它采用编辑的方式发稿，刊发的作品以随感类的散文、小段子居多，小说类作品则以中短篇居多等。尤为值得注意的是，榕树下还是中国最早推出博客功能的网站。几年以后，在榕树下的带动下，一大批文学网站如雨后

---

① 　少君：《第 X 次浪潮——网络文学》，《深圳特区报》2000 年 5 月 3 日。

春笋般涌现，中国第一批网络写手相继在网络中出现，如李寻欢、邢育森、宁财神（三人被称作是国内早期网络文学的"三驾马车"），加上俞白眉和安妮宝贝，人称网络文学的"五匹黑马"。

早期网络文学以消费性、娱乐性、民间性为主打特色。《橄榄树》的文学宣言是："橄榄树文学社致力于向主流文化消费渠道倾注非批量生产的、个人的当代文学艺术创作和批评，为独立的作者提供一个较少政治经济限制的多元包容的大众传播媒体。"这一办刊方针其实对于后来的文学网站都是适用的。海外中文网络文学充分体现了网络文学的本质——非功利性，早期的网络文学刊物都是非营利性的，网站的编辑都是义务工作，网站不向作者支付稿费，只愿作者和读者能从交流中获得乐趣。关于这方面的情况，蒙星宇和施雨等人的博士论文和相关著作已有相当深入的研究。

1995—1997 年间，中国大陆和中国台湾的各大学出现了相互联通的 BBS，聚集着一批热衷于舞文弄墨的理工科学生。1995 年 2 月，台湾交通大学的研究生 PLOVER 完成了《往事追忆录》，该作品以一个人的情感经历为蓝本，成为早期网络文学的代表性作品之一。其后，PLOVER 继续创作了《台北爱情故事》《风流手札》等小说、散文，被推为台湾最早也是最优秀的网络作者之一。如痞子蔡等后起之秀，均曾受过他的影响。《台北爱情故事》创作后不久，被以"水木清华"为先导的各 BBS 转载，产生了较大影响。

1995 年 8 月，我国大陆第一个互联网上的 BBS "水木清华"建站，随后国内其他高校相继建立了自己的 BBS。"水木清华"的读书、文学、武侠等版面人头攒动，气氛热烈。其网络原创作品以自发性创作为主，产生较大影响的作品有 choujs（出剑笑江湖）的《人世间》等。1996 年，北京在线"温馨港湾"网站集纳了 2000 多篇网民创作的文学作品，这些作品以散文、随笔为主，包括很多海外留学生的作品。1997 年，作家出版社和瀛海威信息通信公司合作，将青年作家王庆辉的长篇小说《钥匙》上网，《钥匙》成为我国国内第一本上国际互联网的小说。黄易的《大唐双龙传》每月只在香港出版一卷连载，有人通过扫描将小说发到网上，引发了在网上传播文学作品的热潮，书库类文学网站随之出现，如黄金书屋、书路、卧虎踞等。①

由此不难看出，很多学者把 1998 年称为中国网络文学的"元年"，这个说法显然值得商榷。既然 1995 年就诞生了《往事追忆录》《人世间》等作品，那么将 1998 年问世的《第一次的亲密接触》作为中国网络文学的开山之作就不免令人感到疑惑。秦宇慧早在 2006 年就开始盘点所谓"十年网络文学史"了："1998 年，互联网诞生已经几十年，中

---

① 周志雄：《网络空间的文学风景》，人民文学出版社 2010 年版，第 6—11 页。

文网络平台的发展时间也已经超过四年，我们有理由相信，一定还有什么东西被忽略被掩盖在这甚嚣尘上的所谓'网络文学热'背后。今天，我们将去挖掘那些埋藏在喧哗下的潜流，给未来的文学史，留一点不同的声音。"[1] 秦宇慧认为，1995 年 2 月上网的《往事追忆录》在十几年后仍然被许多人回忆为最早的网络文学作品之一。连载武侠小说《人世间》长久地留在当时读者的记忆里，其作者 choujs（出剑笑江湖）生于 1974 年，是北京邮电大学计算机应用专业硕士研究生，后为某通信公司的技术总监。《人世间》于 1996 年张贴在北京邮电大学的鸿雁传情 BBS 上，后转帖于"水木清华"武侠版，其古龙风格的诗化语言与全篇略带惆怅的文字氛围，令人印象深刻。作者由于工作原因而中断了作品的更新，使许多读者深感遗憾。

1997 年之后，网易率先发起的免费空间潮为大量个人网站的出现提供了条件，尤以书库类网站最为繁盛，其中黄金书屋以藏书博杂、更新迅速而独占鳌头。1998 年，率先注意到网络原创文学价值的黄金书屋设置了"网人原创"专栏，这应该是大陆网站中较早出现的对网络原创作品进行编辑归类的栏目，也预示着网络原创文学自觉时代的到来。[2] 网站，

---

[1] 秦宇慧：《喧哗下的潜流：回眸网络文学史》，《中国出版传媒商报》2006 年 7 月 4 日。
[2] 秦宇慧：《喧哗下的潜流：回眸网络文学史》，《中国出版传媒商报》2006 年 7 月 4 日。

特别是一些著名网站，是网络文学之花得以盛开的土壤。在深入探讨网络文学的产生与发展之前，还是让我们先来看看这些著名文学网站吧。

第四节 ·
著名文学网站举隅 ·

2001 年，欧阳友权发表的《互联网上的文学风景——我国网络文学现状调查与走势分析》一文指出：

中国互联网络信息中心（CNNIC）公布的《中国互联网络发展状况统计报告》显示，截至 2001 年 6 月 30 日，我国的中文网络域名数为 128362 个，WWW 站点数约 242739 个，上网计算机约 1002 台，网民已达 2650 万人。笔者通过网站搜索软件得知，全球有中文文学网站 3720 个，中国大陆有以"文学"命名的综合性文学网站约 300 个，以"网络文学"命名的文学网站 241 个，发表网络原创文学作品的文学网站 268 个，小说网站 486 个，诗歌网站 249 个，散文网站 358 个，发布剧本的 75 个，发布杂文的 31 个，发布影视作品的 529 个。其他各类非文学网站中设有文学平台或栏目的网站共有

3000 多个。[1]

欧阳友权的这篇文章，是最早对文学网站进行全面调研的重要文献之一。欧阳友权通过百度搜索引擎查询得知，有些"小说网站"的网络主页多达上亿个页面，小说网站和网络小说之繁荣，由此可见一斑。从规模、读者、写手、作品量、参与度等方面看，在以上文学网站中，小说网站可以说是占据着绝对优势，其中点击率较高的小说网站有 300 个左右。小说在网络中几乎可以成为网络文学的代名词，它在网络中的重要性不言而喻。较为有名的小说网站有：起点中文网、小说阅读网、红袖添香、世纪文学网、新浪读书、幻剑书盟、榕树下、啃书网、晋江原创网、潇湘书院、万壑松风、翠微居、凤鸣轩、言情小说吧、四月天原创网、白马书院、逐浪小说网、爬爬书库、17K 小说网、快眼看书网、看书小说网、白鹿书院、小说读一读、思源中文网、君子堂、今日小说排行榜、天下书盟、烟雨红尘原创文学网、连城读书网、国家数字图书馆、超星数字图书馆、故事会、西陆文学网、百度小说吧、小说阅读网 BBS、读书社区－搜狐等。

根据第 33 次《中国互联网络发展状况统计报告》，截至

---

[1]　欧阳友权：《互联网上的文学风景——我国网络文学现状调查与走势分析》，《三峡大学学报（人文社会科学版）》2001 年第 6 期。

2013 年 12 月，中国网站总数为 320 万，网民规模达 6.18
亿，网络文学用户规模达 27441 万。[①] 点击率较高的文学网
站有起点中文网、创世中文网、中文在线、红袖添香、言情
小说吧、晋江文学城、榕树下、小说阅读网、潇湘书院等。
共有诗歌网站 187 个，其中点击率较高的有诗歌 365 网、中
华诗词网等；散文网站 223 个，点击率较高的有中国散文网、
散文在线等。

汉语文学网站发展很快，但在不断有新文学网站上线的
同时，也不断有旧文学网站因各种原因而被迫关停，这与其
他各类网站的新生与消亡状况基本一致。2011 年底，互联
网追踪机构 Netcraft 的统计报告数据显示，全球 5 亿多个网
站中，真正处于活动状态的只有 151277928 个，约占总量
的 30.0%。看来，网站数量与互联网繁荣度似乎无法成正比。
虽然互联网的发展带来了网站数量的增长，但垃圾网站，尤
其是盗版的文学网站的数量远远大于真正有活力的文学网站
数量。随着各类建站程序的推出以及域名主机价格的走低，
现在建立一个文学网站已经不是难事，这应该是促成网站数
量持续增长的主要原因。互联网的发展让互联网行业不断细
分并增加了新的功能和服务，不仅个人创业有了新的平台，

---

① 中国互联网络信息中心：《中国互联网络发展状况统计报告》，2014 年 3 月 5 日，
https://www.cnnic.cn/NMediaFile/old_attach/P020140305346585959798.pdf，2024 年 9
月 1 日。

传统行业的营销也有了新的渠道。互联网市场有潜力也存在相对饱和情况，网站数量的不断膨胀也促成了各行业市场秩序不断规范，网站优胜劣汰已是常态，文学网站的此消彼长当然也是这样。[①]

诗歌网站的数量也相当可观。据李霞《汉诗网站众生榜》中的统计，至 2004 年 8 月 30 日，大陆范围内的现代汉诗论坛或网站有 427 个，扣除已关停的 100 个左右，当年活跃的诗歌网站至 2008 年还存活有 300 多个。由于网络的快速发展，诗歌网站也风起云涌，十分活跃。欧阳友权主编的《网络文学发展史——汉语网络文学调查纪实》收录的当时的十大诗词网站分别是：1.唐诗宋词；2.中华诗词站；3.八斗诗词大库；4.诗词总汇；5.词曲精华；6.全唐诗—网络版；7.全宋词—网络版；8.中华诗词；9.幻水晶殿—古典诗词；10.学诗经。[②]除此之外，作者还列举了 50 个中国诗歌网站：中国情诗、中国诗歌、顾城之城、荒诞诗人、诗先锋、诗江湖、诗歌月刊、诗选刊、扬子江、诗生活、诗歌报、诗部落、中国青年诗歌网、四季诗歌论坛、北方诗歌阵线、牧野诗歌报、汉诗评论、中坚诗社、出路诗刊、清华诗论坛、顶点诗歌、诗选刊、星星、诗中国、诗先锋、短歌行、南方诗

---

① 欧阳友权主编：《网络文学五年普查：2009—2013》，中央编译出版社 2014 年版，第 1 页。
② 欧阳友权主编：《网络文学发展史——汉语网络文学调查纪实》，中国广播电视出版社 2008 年版，第 9—11 页。

歌、新诗歌、诗歌报、诗昆网、诗风论坛、诗三明、青年诗歌、诗歌城市、自由诗篇、江南论坛、无名指、采纳诗歌、诗生活、抒情诗、青年诗歌、蓝调诗歌论坛、诗森林、家园论坛、中国诗盟、东部诗潮、绿火诗歌、中国诗人、朝花夕拾、中国诗学网等。

在小说、诗歌网站之外，还有难以计数的散文网站、影视文学网站、戏剧网站等。

数量如此庞大的文学网站究竟"网"了些什么呢？为了夯实网络文学研究的这一最基本的问题，欧阳友权曾对众多网站进行了深入系统的调查。2001 年，他在刊物上发表了《互联网上的文学风景——我国网络文学现状调查与走势分析》，公布了自己的调查数据，并得出了一些重要结论。他认为，文学网站是网络文学的聚散地和信息库，其内容十分丰富，主要可分为三类。

第一类是电子化了的传统印刷品文学。把传统的文学作品进行电子化处理后送进网络，安放在文学网站的"文学收藏室"供人浏览，是许多文学网站和综合网站的常见做法。从古代的经、史、子、集，到唐诗、宋词、元曲和明清小说，从五四新文学时期的鲁迅、郭沫若等文学名家的作品，到当代知名作家的作品，乃至诺贝尔文学奖得主的作品，网上都应有尽有。网站间还不时将这些作品相互转贴。网络上的外国文学作品，有按时代和国别收藏的，有按文体归类的，也有按作家姓氏字母排序的，多数文学网站均有收录。第二类是网络原创文学。最能体现网络文学本质特征的应该是网络原创文学——由网民在电脑上完成创作，并首先在网络上发表的文学作品。我国网络原创文学网站众多，发表的网络原创作品难以数计。第三类是网上文学信息。人们通常用"海量"来形容网上信息之丰富，网络上的文学信息亦是如此。这些信息不仅来源于文学网站，也来自其他网站的文化、文学、娱乐栏目或新闻板块。除可供阅读和下载的作品信息和常见的文学新闻信息外，网上的有效文学信息还突出表现为栏目链接类信息、文学知识类信息和文学研究类信息三种。网上的文学知识类信息极为丰富，且查找便捷，任何一部文学百科全书都难以企及。[①] 该文发表后，很快被中国人民大学书报资料中心《文艺理论》转载，在学术界产生了较大影响。从一定意义上说，该文为当代网络文学研究奠定了一块重要的基石。

2014 年出版的《网络文学网站 100》[②]是以文学网站为研究对象的重要成果，是一部了解中国文学网站基本情况的词典式著作。作者纪海龙等人从众多文学网站中披沙拣金、精挑细选，圈定了国内最著名的文学原创网站 100 家，并逐

---

① 欧阳友权：《互联网上的文学风景——我国网络文学现状调查与走势分析》，《三峡大学学报（人文社会科学版）》2001 年第 6 期。
② 纪海龙等：《网络文学网站 100》，中央编译出版社 2014 年版。

一介绍其基本情况，分析其基本特征，剖析其经营状况。该著所收录的100家网站被分为如下五类：

（一）专业文学网站。1.起点中文网；2.晋江文学城；3.言情小说吧；4.潇湘书院；5.小说阅读网；6.红袖添香；7.榕树下；8.盛大文学；9.创世中文网；10.百度多酷文学网；11.17K小说网；12.纵横中文网；13.幻剑书盟；14.烟雨红尘；15.逐浪网；16.红薯网；17.冠华居小说网；18.飞卢小说网；19.TXT小说网；20.飞库网；21.磨铁中文网；22.龙若中文网；23.连城书盟；24.凤鸣轩小说网；25.一千零一页小说网；26.翠微居；27.半壁江中文网；28.世纪书城；29.文章阅读网；30.蔷薇书院；31.天下书盟；32.3G书城；33.异侠小说网；34.玄幻小说网；35.幻文小说网；36.陌上香坊；37.八月居小说网；38.塔读文学；39.云文学网；40.书海小说网；41.花雨小说网；42.文秀网；43.万卷书屋；44.旗峰天下中文网；45.飞跃中文网；46.岳麓小说网；47.云轩阁小说网；48.明月阁小说网；49.守望文学网；50.恒言中文网；51.看书网；52.言情书殿；53.采薇言情网；54.微听中文网；55.找小说网；56.快眼看书。

（二）门户网站及其他网络平台的文学频道。57.新浪读书；58.腾讯读书；59.网易读书；60.搜狐读书；61.凤凰读书；62.新华悦读；63.MSN中文网小说、读书频道；64.现在网原创频道；65.淘宝电子书。

（三）论坛、资源下载类文学网站。66.百度贴吧；67.百度文库；68.天涯论坛舞文弄墨；69.天涯论坛莲蓬鬼话；70.龙的天空；71.西陆论坛；72.西祠胡同；73.豆瓣阅读；74.豆丁网；75.猫扑原创区；76.书香门第；77.中华网论坛。

（四）机构类及其他文学网站。78.中国作家网；79.中国文学网；80.东北作家网；81.湖北作家网；82.湖南作家网；83.江苏作家网；84.广东作家网；85.作家在线；86.中国报告文学网；87.中华杂文网；88.诗生活网；89.儿童文学大本营；90.中国艺术批评网；91.云中书城；92.爱看书网；93.天方听书网；94.酷听网。

（五）境外其他地区华语文学网站。95.香港小说网；96.台湾鲜网；97.北美华人e网；98.美国文学城网站；99.加拿大约克论坛；100.澳洲长风信息网。

作者明确指出："将这些网站分类别列出，排序方面则综合考虑了这些网站的Alexa排名、历史影响、发展势头、作品题材等多方面因素，期待通过这样一种努力，能够使读者对国内原创文学网站乃至网络文学的历史、现状及未来的发展趋势有所了解，进一步促进人们对网络文学的关注与认识。"[1] 在文学网站研究方面，如此宏观而又深入、全面而又独到的研究，以数十万字的篇幅对100家文学网站进行全方

---

① 纪海龙等：《网络文学网站100》，中央编译出版社2014年版，第10页。

位的综合性评介，看似寻常最奇崛，成如容易却艰辛。从一定意义上说，《网络文学网站 100》是文学网站研究方面的集成荟萃之书、填补空白之作。作者对文学网站的定位和分类，视角周正，思路清晰，大有一览众山小的气势。作者将文学网站分为专业的与非专业的两大类。专业的文学网站是指那些以提供网络文学服务为主营业务的网站，如起点中文网等。非专业的文学网站又可以分为门户网站下的文学频道，论坛、贴吧等论坛类网站，文档分享、资源下载类网站及其他一些网络平台的文学频道等。门户网站下的文学频道如新浪读书、腾讯读书等，这些网站能够提供诸如新闻、娱乐、财经、军事、教育、体育、文学等方面的资讯、信息，拥有强大的用户资源，容易聚集人气。较之专业文学网站，该类文学网站的定位通常会更加高端、严肃，内容则更加丰富、广泛，不仅有网络原创作品，还有大量的传统图书，能够满足不同类型读者的需求。不过，其在原创性上不如专业文学网站。诸如百度贴吧、天涯论坛、西祠胡同这些论坛类的网站，以及百度文库类的文档分享网站，尽管它们并未开展专门的网络文学服务，却常常有一些用户在其上转载、发表或上传网络文学作品。由于这些网站拥有十分丰富的用户资源，影响力巨大，也逐渐成为网络文学阅读、创作之重要场所。分类问题，看似简单，但要在千变万化的现实状况和一以贯之的严密逻辑法则之间求得情理兼容的平衡却绝非易事。

在该书的前言中，作者对文学网站的发展历程进行了概要描述。这一部分虽太过简略，难以满足阅读期待，但总体上给人以线索简练、主次分明、例证精当的印象。例如，作者把 1998 年 5 月成立的"黄金书屋"置于 1997 年成立的"榕树下"之前描述，看上去似乎不合情理，因为这个曾经"最具影响力"的网站，尽管拥有过"上网不识黄金屋，纵称网虫亦枉然"的口碑，但它毕竟有如昙花一现，一年以后就被多来米中文网收购。而"誉满天下"的"榕树下"何其重要，怎么可以屈居于"黄金书屋"之后呢？考虑到 1997 年的榕树下不过是朱威廉的一个个人网页，而真正的"上海榕树下计算机有限公司"则是 1999 年 8 月注册的等客观情况，上述疑问便立刻有了答案。

尤为值得注意的是，作者对文学网站发展趋势之"三化"的分析，可谓有根有据、合情合理。所谓"三化"，即：（1）盈利方式日益多元化；（2）市场竞争日渐白热化；（3）作家作品日趋主流化。这方面的分析甚为精彩，是作者对网站发展态势系统考察和深入思考的结晶，值得相关研究者给予充分关注。

研讨专题

1. 什么是文学网站？网络文学网站与一般网站有哪些不同？

2.什么是网络文学？网络文学与传统文学的主要差别表现在哪些方面？

3.从文学传播媒介的视角看，网络文学与传统文学有何异同？

4.如何理解文学网站对网络文学创作与传播的作用和意义？

5.为什么说文学网站是网络文学的武库和土壤？

6.怎样才能实现文学网站的优化建设？

拓展研读

1.欧阳友权主编：《网络文学发展史：汉语言网络文学调查纪实》，中国广播电视出版社 2008 年版。

2.马季：《读屏时代的写作：网络文学 10 年史》，中国工人出版社 2008 年版。

3.纪海龙等：《网络文学网站 100》，中央编译出版社 2014 年版。

4.邵燕君、肖映萱主编：《创始者说：网络文学网站创始人访谈录》，北京大学出版社 2020 年版。

5.肖惊鸿主编：《网络文学平台指南》，浙江文艺出版社 2023 年版。

6.陈家定、郑薇、孙金琛、赵明：《文学网站评价研究报告（1976—2016）》，中国社会科学出版社 2024 年版。

第二章

/Chapter 2/

作家：网络文学的
写手与"大神"

网络文学作家及其成长历程。网络文学作家是指在互联网上发表文学作品的作者，他们的作品通常以电子形式存在。网络文学作家的成长历程各有不同，但他们通常都经历了对文学的热爱、不断学习和磨炼，以及抓住机遇和坚持不懈。一些知名的网络文学作家，如唐家三少、天蚕土豆等，他们的成长历程中充满了对文学的热爱和坚持。唐家三少从19岁开始写作，已经创作了数十部作品，他的作品风格多样，涵盖了玄幻、武侠、言情等多个文学领域。天蚕土豆则是凭借其首作《斗破苍穹》一炮而红，成为网络文学界的一匹黑马。

中国社会科学院文学研究所发布的《2022中国网络文学发展研究报告》显示，我国网络文学作者数量累计超2278万人，作者所在行业涵盖了57个国民经济行业大类。其中，被称为"大神"的著名网络作家数以万计。近年来，政府部门、各大网站和五花八门的粉丝群体，纷纷为网络作者设置了形形色色的"排行榜""名人堂""大神谱"，这些"榜单""神谱"为网络优秀作家的脱颖而出营造了热烈的氛围。其中，各级政府部门颁布的网络文学奖项就多达数十种，如茅盾新人奖①、扬子江网络文学作品大赛奖、金熊猫奖、泛华文网络文学金键盘奖、"金槐杆"网络文学奖、天马文学奖、百花文学奖、中国（青海）昆仑英雄网络文学奖等。在数量不断增长的众多奖项中，"茅盾新人奖·网络文学奖"一直是最为引人注目的奖项。截至 2024 年，历届获奖作家名单如下：

第二届茅盾文学新人奖·网络文学奖（2017）：唐家三少、酒徒、子与 2、天下归元、天使奥斯卡、我吃西红柿、愤怒的香蕉、骠骑、爱潜水的乌贼、希行。

第三届茅盾文学新人奖·网络文学奖（2019）：骁骑校、萧鼎、阿菩、南派三叔、何常在、匪我思存、血红、辰东、蒋离子、风御九秋。

第四届茅盾新人奖·网络文学奖（2021）：蝴蝶蓝、会说话的肘子、紫金陈、耳根、卓牧闲、蔡骏、藤萍、善水、横扫天涯、意千重。

第五届茅盾新人奖·网络文学奖（2024）：王小磊（骷髅精灵）、史鑫阳（沐清雨）、何健（天瑞说符）、陈彬（跳

---

① 原名"茅盾文学新人奖"。首届于 2015 年筹备设立，并于 2016 年正式颁奖；自 2017 年第二届起，增设"网络文学奖"子奖项；自 2021 年第四届起，更名为"茅盾新人奖"。

舞）、高俊夫（远瞳）、黄卫（柳下挥）、蒋晓平（我本纯洁）、刘金龙（胡说、终南左柳）、黄雄（妖夜）、胡毅萍（古兰月）。

这些获奖者，任凭提起一个，都是"正能量＋大流量"的优秀网络作家。例如，唐家三少是加入中国作家协会的第一位网络作家。十多年来，他以时不我待、只争朝夕的敬业精神，坚持"日均8000字，数年不断更"，创作了大量脍炙人口的小说，作品累计达数千万字，读者数以亿计。在取得惊人经济效益的同时，也获得了较好的社会效益，享有"人气天王"等美誉。他的小说选材精当，构思精巧，语言简洁，价值观健康向上。其代表作《光之子》《斗罗大陆》等，为开创玄幻文学的黄金时代做出了重大贡献。酒徒是网络历史架空小说家中的杰出代表。他的创作素以"讲品位、讲格调、讲责任"著称。其代表作《秦》《明》《家园》《盛唐烟云》等，气势恢宏、语言凝练、情节曲折，往往借"小人物的悲欢离合"，写"大时代的兴衰成败"，具有强烈的艺术感染力和历史厚重感。在传统文学网络化和网络文学精品化等方面，他都做出了卓有成效的探索。

除了这些已经成名的网络文学作家，还有很多正在成长的网络文学作家，他们也许还在为自己的梦想而努力奋斗，也许已经写出了优秀的作品但还未被大众所知。每个网络文学作家的成长历程都是一段充满挑战和机遇的故事。

第一节
中华网络文学的肇始与兴起

　　20 世纪 80 年代，大批中国青年学子，怀揣梦想，远涉重洋，来到美国和加拿大接受国际化教育。这批留学生毕业之后，大多融入了当地社会，成为新一代北美移民。于是，一批"以中国大陆学人为主体的新一代移民'海派'作家应运而生。从留学生文学的花果飘零，到新移民文学的繁花似锦，新时期的海外华人文学从星星之火逐渐发展为燎原之势"①。我们所讨论的北美华文网络文学，就诞生在北美华文文学这片繁花似锦的土壤中。众所周知，中华网络文学的起点，不在中国，而在北美。正是北美华文网络文学点燃了中华网络文学的星星之火。准确地说，20 世纪 80 年代中后期留学北美的中华才俊，是中华网络文学名副其实的开创者和当之无愧的主力军。他们中的不少文学爱好者，有意无意之间成了中华网络文学降生于异国他乡的参与者和见证人。

---

① 杨常胜：《百年海外华人作家创作扫描》，2013 年 1 月 24 日，https://www.chinanews.com/zgqj/2013/01-24/4517222.shtml，2024 年 8 月 16 日。

北美中国留学生成为推动中华网络文学发生与发展的原生力量，除了文学自身的原因之外，还有许多其他方面的原因，例如，改革开放之初，不少中国人对西方世界心驰神往，对其先进科学技术普遍地存在着一种渴慕心态。由于这一时期的留学生在出国之前主要是理工科学生，且正值科技强国思潮盛行之时，他们对海外先进技术，尤其是代表时代发展方向的计算机和网络技术，在主观上具有强烈的求知欲，在客观上具有天然的敏感性。因此，以美国为代表的西方国家的先进科学技术自然成了他们最为关切的学习对象。

中华网络文学问世 20 多年后，流行着这样的说法：中华网络文学"肇始于北美，兴起于中国台湾，繁盛于中国大陆"；中华网络文学与美国大片、日本动漫、韩国游戏，是当今世界文化创意产业领域中并驾齐驱的"四驾马车"。前一句话是对中华网络文学史按时空顺序划分的一种大写意式的描述，后面的判断则是对中华网络文学在世界文化背景下的一种身份定位。这些说法或许有诸多不合理之处，但有一点是可以肯定的，那就是中华网络文学在从初时的"桃花三两枝"走向如今"橙黄橘绿时"的过程中，已经出现过无数惊艳绽放的时刻。无论从艺术的视角还是从市场的立场看，网络文学所拥有的潜力与前景，即便不能够说足以傲视大片、动漫和游戏，但至少可以说，并列其间应是毫无愧色。与大片、动漫和游戏相比，网络文学无疑是后起之秀，但在文化创意产业的王国里，网络文学却是名副其实的活水源头。

众所周知，有关网络文学的发生与发展问题，在其尚未进入学术研究视野之前，就已经存在着众多不同的说法。关于网络文学的"史前史"，有很多重要事件是无法忽略的。例如，1988 年，中国留美学生严永欣开发的汉字处理软件"下里巴人"，实现了简体汉字的"机上读写"功能，为中国文学走上网络之路铺垫了一块重要的奠基石。1989 年，魏亚桂、黎广祥、李枫峰等留学生，解决了简体汉字在互联网上的传输问题。海外中华儿女自主研发的这一款款铭刻着中华文化印迹的软件，为开启华文网络文学写作的重重门禁，打造了一把把神奇的金钥匙。

毫无疑问，"奠基石"和"金钥匙"的作用至关重要，无以替代。但网络文学这台大戏的主角，毕竟是网刊编辑和网络文学写手。可以说，海外学子中的早期网络编辑与写手，既是北美华文网络的缔造者，也是网络文学的开创者。在中华网络文学"开创者"的行列中，不少初期写手的名字，注定会载入网络文学的史册，如少君、图雅、王伯庆、百合、莲波、瞎子等，他们当之无愧地享有中华网络文学先驱的美誉。

北美这个无可争议的网络文学发源地，无疑是一片异彩纷呈、风光无限的学术沃土。稍做深入探究，便不难发现，在北美华文网络文学的原野上，优秀作家群体犹如仲夏夜的天空，繁星闪烁，令人目不暇接。如丁键、严永欣、阿羊、黄谷扬、少君、方舟、朱若鹏、张朗朗、散易生、图雅、百合、莲波、司静、阿待、亦歌、刘嵘、幼耳、笨狸、吴过、若玫、瞎子、王伯庆、风在吹、碧云天、秋尘等，他们都是曾在北美网络文学发展史上占有一席之地的作家或诗人。据统计，仅在《华夏文摘》《新语丝》《花招》等几个著名网刊上发表过文学作品的作者，就有数百人之众。必须指出的是，这些作者中的不少人，即便后来移居欧洲或回到中国，也依然会以网络写手的身份活跃在北美文坛，由是之故，人们还是习惯于将其归入北美网络文学写手的行列。

从一定意义上说，中华网络文学的出现，是全球化时代中国当代文学发展的必然结果。如果没有全球化浪潮的推动，就不会有中国的改革开放；没有改革开放，就没有汹涌澎湃的留学潮；没有那一波又一波的留学潮，就没有莘莘学子"立在地球那边放号"，就没有那么多中华儿女远离父母之邦，就没有那么浓烈的乡情乡思需要倾诉；没有那么飞扬激越的青春梦想，没有那么刻骨铭心的情感郁结，就没有《新语丝》，就没有《橄榄树》，就没有《花招》；没有如繁星闪烁的诸多网刊与网页，就根本不会出现所谓"网络文学"。

从这个意义上，我们可以说，正是因为中华海外学子们的催促和引领，中华网络文学才得以在北美诞生。用马季的话来说："海外网络文化的领先优势和游离于汉语母体的留学生对中文的依恋，使他们乐于用自己的母语在互联网上沟通思想、交流感情，因此说华文网络文学的产生是偶然也是必然。"[①]总之，网络文学的呱呱坠地，既是各种历史机缘的巧合，也是全球化背景下中华文学发展的时代要求和必然结果。

对北美网络文学有过深湛研究的蒙星宇在《网络少君》一书中说，少君是"全球中文网络文学第一人"。她所说的"少君"，原名钱建军，1960年出身于北京一个军旅之家，18岁考入北京大学学习声学物理，毕业后当过《经济日报》的记者，参与过中国政府的一些重大经济决策与研究工作。于1988年赴美，在得克萨斯州立大学攻读经济学博士学位，学成后曾任美国两所大学的研究员，并兼任中国厦门大学、华侨大学、南昌大学的教授等职务，1998年被《世界华文文学》选为年度封面人物。2000年，正值40岁盛年时，他宣告退休，专事游历写作。据《网络少君》一书统计，少君有《奋斗与平等》（1991）、《现代启示录》（1991）、《未名湖》（1996）、《大陆人生》（1999）、《人生笔记》（2000）、

---

① 马季：《读屏时代的写作：网络文学10年史》，中国工人出版社2008年版，第1页。

《网络情感》（2001）、《西城东城》（2001）、《人生自白》（2003）、《成都映像》（中英文版，2006）、《天府成都》（2006）、《约会周庄》（2007）、《人在旅途》（2010）等各种著述40多部；主编作品主要有《北美华文创作的历史与现状》（1999）、"海外新移民文学大系·北美经典五重奏"丛书（2006）等30多种；收录其作品的各种文学文集更是不计其数。

少君被誉为"全球中文网络文学第一人"的理由主要有以下三点：第一，少君是第一篇中文原创网络小说的作者，1991年4月，他在美国网站上发表了全球第一篇中文原创网络小说《奋斗与平等》。第二，少君还是第一位评介网络文学的学者，他在1998年10月中国作协召开的"北美华文作家作品研讨会"上，首次向中国学术界介绍了网络文学。根据会议发言整理的论文《华文网络文学》是中国第一篇关于网络文学的历史、特征及其对传统文学的冲击挑战问题的学术论文，网络文学首次进入中国学术界的研究视野。第三，少君也是中国第一批成功进行商业化写作的网络作家之一。1999年至今，中国、美国等各大出版社争相出版他的40多部网络文学作品集。他在中文网络上笔耕20年，以卓越的网络文学实绩和丰富的文学实践，率先创作出大规模、高品质的网络作品。其100篇原创网络短篇小说"人生自白"系列，开创了网络"自白体"的先河。

少君的经历具有较强的代表性。首先，少君是在 20 世纪 80 年代末期的留学潮中走出国门的年轻俊彦，是真正践行"胸怀天下、放眼世界"理想的"八十年代新一辈"。其次，少君兴趣广泛且多才多艺，在经济学、政治学、心理学、历史学、地理学等人文社科领域都颇有心得。这种百科全书式的"多能"，在他的创作中得到了比较充分的体现。尽管他是一个非文学科班出身的人，但他在语言的领悟和写作技巧的把握方面，丝毫不逊色于专业人士。在他的笔下，大千世界，栩栩如生；人生百态，跃然纸上。

关于少君对网络文学的贡献与影响，从《网络少君》封底的一段评介文字中可见一斑："作为博采中西芳华，融现代文理知识于一体，做过学生、工人、工程师、记者、研究员、教授、公司老板的少君，如此丰富的人生角色与经历，使他在进行文学创作时，就拥有为别人所羡慕的取之不尽的创作素材，及广泛的社会认知层面和创作时的从容心态。对于转换在不同的文化境遇、身历不同寻常的人生体验和多方面、多层次的人生历练的少君来说，其作品表现出的是他对社会、文化、人生等重大命题的关注和思考，感知着个体生命的喜怒哀乐，感应着大千世界的春华秋实。"[1] 对于一个以网络文学闻名的作家来说，这样的评价或许会被人认为有

---

[1]　蒙星宇：《网络少君》，九州出版社 2011 年版，"封底"。

拔高的嫌疑，但对少君这样一个纸网两栖作家来说，这种评价还是恰如其分的。除了"开创自白体"或有争议以外，有关少君的上述评价，相信认真读过少君作品的人定会深表认同。

第二节
早期网络写手的自由书写

如前所述，中华网络文学肇始于北美，第一代网络写手理所当然是北美的那些网络写手，如少君、图雅等。但网络文学研究者们对"第一代网络写手"早就有比较一致的看法。在一定意义上说，"第一代网络写手"已经成了网络文学研究领域里的一个专有名词。《网络文学词典》对"第一代网络写手"做出了如下界定："20世纪90年代末期，最早在网络上发表文学创作并小有名气的写手，以及发表文学评论意见者。代表人物有痞子蔡……安妮宝贝、邢育森等。"[1]当我们未做专门说明的时候，还是遵从习惯说法，把痞子蔡等人看作"第一代网络写手"。当然，细究起来，这些写手除了在网络文学创作方面起步较早、成名较快等外在文学因素大体相同之外，无论从写作技巧、行文风格、审美趣味还是任何其他与文学艺术性密切相关的视角看，他们之间的共

---

[1]　欧阳友权主编：《网络文学词典》，世界图书出版广东有限公司2012年版，第145—146页。

同性都不太多。尽管人们已经习惯称他们为"网络写手",并给他们贴上了"第一代网络写手"的标签,但实际上,这些写手大多互不相识,且经历有别,处境各异,其才力胆识更是参差不齐……若按照传统文学的分类标准,"第一代网络写手"这个概念根本就无法成立。但网络文学毕竟不是传统文学,这种"类无归属、言无定说"的存在形态,正是网络文学不同于传统文学的最显著的特点之一。

对传统文学史而言,作家作品无疑是文学史家关注的核心内容。就这一点来说,网络文学史的写作也不例外。网络写手和网络作品,理所当然也是"网络文学史"的主要内容。有关写手的研究,曾繁亭的《网络写手论》和聂庆璞等的《网络写手名家 100》都是其中的重要著作,两位网络文学研究专家也大体认同《网络文学词典》对写手的分类。例如,在《网络写手名家 100》这部迄今为止最为全面、集中地展示当代网络写手总体面貌的著作中,作者按网络写手在网络文学发展史上产生影响的先后顺序,将 100 位著名写手划分为四代。表面上看,代的划分整整齐齐,井然有序。但细究起来,代际"四分"的学理依据相当复杂,在看似简简单单、一目了然的阵容背后,实际上隐含着错综复杂的难题。如此划分,显然并非完全出于逻辑的必然,而是或多或少有些迁就表述的需要。众所周知,对于网络文学这样一个大河奔流、泥沙俱下的研究对象,仅仅能做到"言之有序"

就已殊为不易，要真正做到尽情尽理、无懈可击，这绝不是单个学者力所能及的事情。正如要计数满天繁星或恒河沙粒只能靠粗略估算一样，面对数量庞大的写手群体，我们将研究对象适当切分，化万千头绪为几人几事，然后分而述之，以期对写手概貌有一个大致了解。如此化繁为简多少有点以管窥豹、以蠡测海的意味，但这也并非有意避重就轻，而是实属力有不逮，情非得已。

有关写作对象的选择取舍之难，欧阳友权有一个形象的说法，无论是"沙里淘金"，还是"珠海选宝"，遗珠之憾总是在所难免的，他甚至以"断指之痛"来形容被迫删削文稿的感受。

根据马季、欧阳友权、聂庆璞和曾繁亭等人的相关著述以及相关网络资料，我们将痞子蔡、安妮宝贝和著名的"三驾马车"，以及俞白眉、黑可可、罗森、朱海军等人定位为"第一代网络写手"。值得注意的是，这里的一个"代"字，颇值得玩味。仅从字面上看，它似乎只有"年代""时代"之意，但实际上在时间和代际方面的界定是相当模糊的，因为何为第一代网络写手，且究竟谁能代表第一代网络写手等，还有许多值得深入研究的问题。相反，一种纯属过度阐释的联想义——"代表""代替"似乎可以更为贴切地描述这个"第一代"的情形。因为这些写手无疑是一大批网上写作者的"代表"，而他们的地位又很快被"第二代"写手

"代替"了。

　　迄今为止，有关第一代写手的优劣成败、功过是非，学术界还没有成形的评论。各种相关批评文字之间，表现出了极大的差异性，可以说求全之毁与不虞之誉兼而有之。其中有代表性的意见认为，与海外华文网络文学的"心灵书写"明显不同的是，第一代网络写手中的大多数人在网上试笔之初，与其说是写作，还不如说是找乐子、玩游戏。他们早期的网络文字，虽然同样具有"涂鸦"色彩，同样没有明确的目的，但就真正借网络这个平台走进文学世界的新一代网络写手来说，恣情快意、寻乐撒欢才是其原始的动机。

　　必须指出的是，早期写手的情况甚为复杂，不可一概而论。任何妄图定于一尊的评说，都将是片面狭隘的大话瞎话。某些"隔岸观火的网络文学短评文章"把早期写手说得那么单纯，现在看来，有如笑柄。实际上，不少写手在网上大红大紫之前，早就是小有名气的作家了。关于这方面的情况，曾繁亭在研究了大量早期网络写手的基本情况之后提出了写作阵地"转移说"：网络文学形成伊始，很大程度上仅仅是写作阵地的转移，赛博空间吸引了众多文学青年加入——安妮宝贝、李寻欢、邢育森、慕容雪村、江南、今何在、燕垒生、王小山等就是其中的佼佼者。

　　值得注意的是，虽然曾繁亭所说的这些作者的"转移阵地"与黄鸣奋所描述的"换笔"有异曲同工之妙，但寂寂无闻或小有名气的文学青年"移师"网络之后，快速变成文坛新秀，这就不是单靠"换笔"所能解释的了。曾繁亭认为，这一批网络写手原本就与传统文学关系密切，其中不少人在网上声名鹊起之前已多多少少在传统媒体上发表过一些作品，只不过因为这样或那样的原因没有得到应有的关注而已。从这个意义上讲，第一代网络写手脱胎于传统文学，其作品明显具有传统作家的风格和气派，这也就不难理解了。

真正崛起于网络的写手是萧鼎、当年明月、天下霸唱、酒徒、血红、唐家三少等更年轻的一代，我们不妨称其为第二代网络写手。他们凭借网络的风力迅速声名大噪。这一拨写手在网络江湖成名与上一拨人在网上崛起在时间上几乎没有明显的间隔，用曾繁亭的话来说，"仅是脚前脚后的事"。但在文学渊源上，两拨人的情形可谓大相径庭。与前一拨写手原本就是"书面写手"，只不过移师网络才成为网络写手的情形不同，新一代写手则纯粹生长于网络，他们这拨人中绝大多数有着理工科的学历背景，与传统文学的关系甚为疏远。天下霸唱曾经坦率地承认，在写作《鬼吹灯》之前，他连500字的工作报告都不会写。起初，他们只不过是抱着"好玩"的心态在网上随意涂鸦，没承想这些"游戏文字"居然受到了网民的追捧，随后写作的欲望便一发而不可收。作为在一种新的创作机制中步入文坛的作家，他们创作时受网络环境的影响远比受生活环境的影响更大。曾繁亭在评介这一拨写手时指出，在"虚拟美学"支配下的想象力飞纵、游戏娱乐的写作旨趣、戏仿与复制的戏拟方法、叙事语言的汪洋恣肆、类型化的文本特征等不同于传统文学的诸多独特属性，在他们的手中翩然降临并迅速成形。而随着传统出版系统基于商业利益的考虑将他们的网络文学文本移易为纸质文本，即当网络文学凭借其自身的强大影响力从"网上"被请到"网下"，这拨"游戏文字"的文学奇才也就从"地下"来到了"地上"；由此，其"业余涂鸦"遂成为一种"公共写作"，而他们中很多人与文学的关系也就从"游戏"变成了"职业"。与此同时，人们对待他们及其作品的态度也很快从宽容转变为严肃——富有学术敏感性和时代前瞻性的理论家，最早发现了作为"文化现象"的网络写作中蕴含着的美学转型的丰富信息，并由此对他们及其文本进行了"文学性"分析。至此，网络文学作为一种新的文学机制和文学范式得以正式确立。[①]

台湾成功大学水利工程研究所的痞子蔡博士，意外地成为网络文学开坛必论的"大咖"，这件事本身具有很强的网络传奇色彩。马季在《读屏时代的写作：网络文学10年史》中将痞子蔡作为"网络文学现场"的第一个"生动个案"，并将他的《第一次的亲密接触》定位为"网络情感小说"。

---

① 曾繁亭：《网络写手论》，中国社会科学出版社2011年版，第3—4页。

这个定位无疑是正确的，但这些都不是我们在此重点讨论痞子蔡的真正原因，因为我们更应该关注的是痞子蔡在文学史上的意义。

在《读屏时代的写作：网络文学 10 年史》中，马季对痞子蔡的网络小说越过海峡、征服大陆读者的情形做了如下描述："1998 年开始风靡整个华文网络世界，横扫图书市场的《第一次的亲密接触》，几乎已是家喻户晓。'第一次的亲密接触'也成了流行语，在各种场合各种领域被频频借用。台湾写手痞子蔡因而在网上网下大红大紫。1999 年这部小说在台湾出版，其简体中文版在同年 11 月授权知识出版社出版之前，盗版已经在京沪等地高校中流传。知识出版社第一次印刷的 3 万多册，在短短两个月的时间内业已售罄。为了满足广大读者的热切购买欲，又加急付印第二版。"[①] 若在 20 世纪 80 年代那个文学的黄金时期，这个数字或许算不得什么，但在文学消亡之声不绝于耳的世纪之交，这无疑是一个提振网络作家信心的好消息。

自此之后，"痞子蔡"三个字就变成了网络上的热门词语。直到今天，各种网络百科都将痞子蔡作为一个专有词条收录。如"搜狗百科"仍旧沿用了当时网上的许多说法："谈

---

① 马季：《读屏时代的写作：网络文学 10 年史》，中国工人出版社 2008 年版，第 66 页。

到网路文学，不能忽略这样一个名字——痞子蔡（蔡智恒），作为网路文学第一人，他的《第一次（的）亲密接触》曾红透海峡两岸和海外年轻一代的华人华侨。许多人则纷纷致邮，表达溢于言表的心情与崇敬。而其中所提到的一些地方更是吸引着人们重温情景……几乎一夜之间，地球人都知道了'痞子蔡'和'轻舞飞扬'，小说中的经典话语，更成为时髦男女的口头禅。其后，蔡智恒又先后推出了《香水》《爱尔兰咖啡》《夜玫瑰》等书，也都深受欢迎。……熟悉蔡智恒的人都知道，他是取得了博士学位的台湾成功大学水利工程的助理教授，为何不转行做专职作家呢？蔡智恒的回答幽默又不失诚恳：'从经济的角度来看，我出一本书所得的版税是教书年薪的3倍，可这不是钱的问题。写作是我的爱好，但我却始终不是很有信心，因为我完全是凭兴趣在写；水利工程是我的专业，无所谓喜欢不喜欢，最重要的是我涉猎其中已经16年了，它虽然枯燥一些，但台湾很缺这方面的人才，如果我不做恐怕就更没人去做了。更何况，我在学术界也算是小有名气。'如今蔡智恒白天搞科研，晚上教书，只有半夜才有时间写作。"[①]

据统计，痞子蔡出道至今创作的作品有30多部（篇），

---

① 见搜狗百科"痞子蔡"词条，https://baike.sogou.com/v59634.htm?ch=frombaikevr&fromTitle=%E7%97%9E%E5%AD%90%E8%94%A1，2024 年 8 月 16 日。

已结集出版的有《第一次的亲密接触》(1998)、《雨衣》(1999)、小说集《7-ELEVEN 之恋》(包括《7-11 之恋》《4：55》《雨衣》《洛神红茶》《绿岛小夜曲》《水中的孤坟》《阿妹》《围巾》等 8 部中短篇小说，2000)、《爱尔兰咖啡》(2000)、《槲寄生》(2001)、《夜玫瑰》(2002)、《亦恕与珂雪》(2004)、《孔雀森林》(2005)、《暖暖》(2007)、《回眸》(包括《回眸》《遗忘》《遇见自己，在雪域中》3 部中篇小说，2008)、《鲸鱼女孩·池塘男孩》(2010)、《蝙蝠》(包括《蝙蝠》《米克》《求人之水》3 部中篇小说，2010)、《阿尼玛》(2014)。另有《爱巢》——这部书因其写作风格与痞子蔡的一贯表现明显不同，且痞子蔡本人也对之避而不谈，因此有人认为该书可能出自他人之手。

不难看出，痞子蔡所创作的基本都是中篇小说，大概在 200 页到 300 页之间，还有一些作品是由几篇短篇小说构成的合集。其文章大多是关于青春爱情的故事，但原本青春美好的爱情在痞子蔡笔下多是以悲剧结尾的。回顾他的主要作品，几乎离不开这样一个模式：故事的男主角最后由于各种各样的原因都没能和心爱的人在一起。由于痞子蔡的生活重心在大学，真实生活中的所经所历也大都在校园，因此他前期所写的故事主人公大多是在校园或毕业不久的青年人。包括《第一次的亲密接触》《雨衣》《槲寄生》等在内的畅销书写的都是校园爱情故事。相较于其他青春文学作家而言，痞子蔡的写作始终专注于爱情的萌生与成形的过程，他的文字不喧不闹，用字单纯简练，全在意象上下功夫，让人见识到爱情初生时的本质与真谛。痞子蔡只要一说话，就能引起爆笑。其作品的情节不算太曲折，通过心理活动和细节描写塑造出人物形象，让读者不自觉地为他所营造的气氛所感动。"痞子蔡对网络文学，有带动蓬勃之功，却也有间接让网络文学商业化之过。他主张网络的创作园地应像辽阔的草原，写手应保有野生动物的野性，不应被商业利益所豢养。但是从他后期的文学作品我们还是可以看到很明显的商业痕迹。"[1] 痞子蔡长了一副大众相，即使在路上和他擦肩而过也未必能认出。相由心生，文如其人。这话用在痞子蔡身上比较贴切。

就网络文学史意义而言，痞子蔡的《第一次的亲密接触》无疑具有不可替代的划时代意义。在不计其数的介绍该小说的网页上，我们都能读到这样一段文字："你还没有试过，到大学路的麦当劳，点一杯大可乐与两份薯条的约会方法吗？那你一定要读目前最抢手的这部网络小说——《第一次的亲密接触》。这部小说在网络上一再被转载，使得痞子蔡的知名度像一股热浪在网络上延烧开来，达到无国界之

---

① 聂庆璞等：《网络写手名家 100》，中央编译出版社 2014 年版，第 8 页。

境。作者的电子信箱，每天都收到热情的网友如雪片飞来的信件，痞子蔡与轻舞飞扬已成为网络史上最发烧的网络情人。"

除痞子蔡之外，在第一代网络写手中，最耀眼的网络文学明星无疑是安妮宝贝和"三驾马车"。迄今为止，安妮宝贝都是网络文学写手大军中最引人瞩目的"大神"之一，在网络文学史上，她的《告别薇安》几乎与蔡智恒的《第一次的亲密接触》享有同等地位。安妮宝贝也与"三驾马车"并称为网络文学的"四大写手"。

2015年秋分这一天，笔者重新在知网上寻找介绍安妮宝贝的文章，意外地发现涉及安妮宝贝的硕博论文居然有976篇！专以安妮宝贝为题的学位论文也有24篇。这个数字在网络写手中是绝无仅有的。相比之下，少君、图雅、蔡智恒等"大神"级的写手，在"学位论文"栏的"题名"检索中，竟然没有一人超过2篇。至于其他写手，无论是与之齐名的李寻欢、邢育森等，还是当下大红大紫的南派三叔、天下霸唱、我吃西红柿，几乎都未能进入研究生们的"法眼"。仅此一点，就不难看出安妮宝贝在网络文学中的地位是多么引人瞩目、多么值得关注。

最早专题介绍安妮宝贝的文章是吴过的《桀骜不训（驯）的美丽——网路访安妮宝贝》，该文发表于2000年1月。当时的吴过是"自由村"网站的"斑竹"（版主），他以网络批评家敏锐的眼光在自己的"村子"里发现了安妮宝贝。因为她的帖子总会在吴过的"自由村"里激起波澜。吴过说安妮宝贝"瑰丽诡谲的文字以及掩饰在文字下的桀骜不驯的美丽，让我倒吸了一口冷气，网路上经常读到这样那样的文字，能如此让人心动的却不多见，而且遣词造句十分准确，连标点符号也很少出错，看来这是位训练有素的客人。……不少网友是安妮宝贝的忠实读者，有的甚至多次向她献花，总之，安妮宝贝在'自由村'是个很受欢迎的人。……几乎每次读到她的文字，都能被她笔端流露出的那种特殊魅力感染，我常常想，在网络写手中，安妮宝贝是个不多见的异数。"①

在"新浪读书"的"名人堂"有一张"安妮宝贝"的名片：安妮宝贝，原名励婕，7月出生的巨蟹座女子，一名在网络上四处飘荡的人。从1998年10月开始在网络上写作和发表作品，以《告别薇安》成名于江湖。从事过的职业：金融、广告、编辑；现在的职业：网络编辑，自由专栏撰稿和写作者；喜欢：爱尔兰音乐，长途旅行，鸢尾，电影，散步。②

根据网络资料，我们为安妮宝贝设计了一张由网络写手

---

① 吴过：《桀骜不训（驯）的美丽——网路访安妮宝贝》，《Internet 信息世界》2000 年第 1 期。
② 见新浪读书名人堂"安妮宝贝简介"，http://book.sina.com.cn/people/annibaobei/index.shtml，2024 年 8 月 16 日。

变作家的"新名片"：安妮宝贝，1974 年 7 月 11 日出生于
浙江宁波，是中华网络文学第一代写手中的重量级代表人
物，著名作家，笔名庆山。出版过长篇小说、短篇小说集、
摄影图文集、随笔集等各种著作。作品有《告别薇安》《蔷
薇岛屿》《清醒纪》《莲花》《素年锦时》等。1998 年起在
网络上发表小说，题材多围绕城市中游离者的边缘生活，探
索人之内心与自身及外界的关系。2011 年 8 月，安妮宝贝
的第四部长篇小说《春宴》出版。2014 年 6 月，安妮宝贝
发微博宣布笔名改为"庆山"，随后以"庆山"署名出版了
散文集《得未曾有》。

　　安妮宝贝的出道，几乎踩着蔡智恒的脚后跟。在痞子蔡
的《第一次的亲密接触》问世不久，她的《告别薇安》在榕
树下首发，当即引起了读者的高度关注，她也因此确立了自
己"著名网络写手"的身份。自此之后，安妮宝贝便一发而
不可收，以几乎一年一部力作的速度，展现了第一代网络写
手无拘无束、挥洒自如的"心灵化写作"风采。她的文字影
响了"80 后"一代人的生活和思想，正如她自己所说："网
络对于我来说，是一个神秘幽深的花园，我知道深入它的途
径，而且最终让自己长成了一棵狂野而寂寞的植物，扎进潮
湿的泥土里。"[1]

----

① 聂庆璞等：《网络写手名家 100》，中央编译出版社 2014 年版，第 14 页。

前文的相关统计数据表明，安妮宝贝是第一代网络写手的典型代表。她的上述作品不仅在网络上拥有大量读者，在线下出版后同样深受追捧。相关资料显示，安妮宝贝不仅出版过长篇小说、短篇小说集、摄影图文集、随笔集等各种形式的作品，而且她的"业务范围"并不局限于文学领域。1999年，声名鹊起的安妮宝贝已不满足于担任"榕树下"内容制作主管的职位了；2000年，她便扩大了自己的网络活动范围，担任某网络公司电子杂志的主编；2001年，她在杂志上开设时尚专栏，展现了一个女性作者的爱美天性；2008年，她在《城市画报》开设专栏；2011年，她又主编了以书代刊的《大方》杂志。聂庆璞指出，虽然安妮宝贝很早就从网络写手转型成为一名作家，但她毕竟是从网络这个平台上起步的，网络赋予她的意义是不容置疑的。安妮宝贝从来不缺读者的支持，尽管已经出道多年，但她在大众心目中的影响力依旧不减。在2011年11月21日发布的第六届"中国作家富豪榜"上，安妮宝贝以940万元的年度版税收入登上作家富豪榜第5位。与2007年的第15位相比，她头上的光环更加耀眼了。

在马季的《读屏时代的写作：网络文学10年史》中，邢育森的名字始终排在安妮宝贝的前面，并在"三驾马车"中居于首位。血酬的《网络小说写作指南》中，邢育森也是

"三驾马车"中第一个出场的人物。[①] 马季和血酬都这么写是有一定道理的。首先，邢育森在年龄上比安妮宝贝和李寻欢略大一些；其次，邢育森出道也最早。1997 年，邢育森的《活得像个人样》一炮走红时，"安妮宝贝"这个笔名尚未被启用，而李寻欢当时才刚刚在网上注册了一个邮箱。总之，邢育森在早期网络文学史上具有不可替代的地位。

根据《网络文学词典》以及马季、血酬、聂庆璞、曾繁亭等人的研究，结合现有网络资料，我们可以对邢育森其人其作做如下简介：邢育森，男，1972 年生，北京邮电大学密码学博士。毕业后他曾开网络公司，失败后开始从事网络写作。长期混迹于各大论坛，1999 年因获得榕树下"首届网络原创文学作品奖"而迅速走红，成为世纪之交的著名网络写手。在小说、诗歌、随笔、散文等各种文体上都有成果。1997 年，邢育森的小说《活得像个人样》在网上一炮打响，迅速被各大中文网站转载，流传极广。1999 年，《天涯》杂志刊登了这部小说，而在当时小书摊出售的名著电子光盘中，邢育森的这篇小说居然和《红楼梦》《西游记》等名著并列。2000 年，《活得像个人样》在台湾出版，台湾一家公司以 500 美金的版权费买下该作的改编权，并拍成电视

---

① 血酬：《网络小说写作指南》，2019 年 7 月 4 日，http://www.wushuzw.info/show/19107.html，2024 年 8 月 16 日。

剧。2001 年，邢育森应出版社约稿，写了长篇小说《极乐世界下水道》，这部作品也成了他小说创作的告别之作。此后，邢育森转型成了"英达式"情景剧的资深编剧。由他担任编剧的《闲人马大姐》《东北一家人》《家有儿女》《都市男女》《欢乐青春》《超人马大姐》《奇异家庭》等电视剧都具有一定影响力，他还是电视剧《瞧这两家子》和 200 集电视剧《当大卫遇到丽丽》的总编剧。有人说 2004 年是邢育森编剧生涯的顶峰。这个说法也得到了邢育森本人的认可。

路金波曾比较过"三驾马车"各自的风格，他认为宁财神幽默，李寻欢（即路金波本人）擅长言情，邢育森则偏重严肃写作。工科博士出身的邢育森写起小说、剧本来，也"像一个工程师"一样一丝不苟。邢育森自己也说："我这个人比较严肃。毕竟是学工科的，思考问题比较严谨。"[1]

路金波关于邢育森相对偏于严肃写作的说法，也得到了研究者们的一致认可。例如，聂庆璞认为："邢育森的早期网络写作确实非常严肃。特别是像《活得像个人样》这样的作品充满了王小波式的愤慨，王小波式的真实，还有王小波式的无奈。作品充满粗话但是并不让人反感，可视性非常强，类似于纪录片风格的电影。文章多以现实主义的手法来

---

[1]　田志凌：《中国网络文学十年："三驾马车"今安在》，2009 年 5 月 26 日，https://www.chinanews.com/cul/news/2009/05-26/1708763.shtml，2024 年 8 月 16 日。

描写爱情悲剧，作者擅长于情景的描写与事情的罗列，小说中人物的对白与心理描写不算很多。通常是第一人称视角出发，故事不算曲折，但是人物众多线索不单调。在主线故事背景下穿插一些次线故事，总体语言风趣幽默，到了悲伤的环节语言能够立即调整营造出一个沉重的氛围来。他笔下塑造的人物外表活泼内心其实孤单，充分揭示了现代人的两面性。"①

李寻欢原本是古龙笔下众所周知的英雄人物。他家住"李园"，那里气象恢宏，宅第连云，庭园林木之胜，更冠于两河，门上更写有"一门七进士，父子三探花"的字样。他的慷慨与豪爽，就算孟尝复生、信陵再世，只怕也比不上他。李寻欢不但才高八斗，而且还是文武全才，幼年就经异人传授他一身惊世骇俗的绝顶功夫……江湖传言：小李风流。他这一生中，不知和多少位绝色美人有过幽期密会，他掌中没有拿着飞刀和酒杯的时候，也不知握过多少双春葱般的柔荑。这个李寻欢与我们所说的第一代网络写手之"三驾马车"中的李寻欢似乎毫无关系，但真的毫无关系吗？

关于李寻欢，互联网上有许多约定俗成的概念都与他有关，如："第一代网络写手"里有他一个（通常认为并列其中的有痞子蔡、安妮宝贝、邢育森等）；"三驾马车"里也有

---

① 聂庆璞等：《网络写手名家100》，中央编译出版社2014年版，第30页。

他。其他说法如"四大写手""五大网络写手"或"五驾马车"中，任凭少了谁，都没有落下李寻欢。仅凭此一点，我们就不难看出李寻欢在网络文学史中的地位是多么特殊且重要！

李寻欢，本名路金波，1975 年生，河南人。作为第一代网络小说家，他以幽默俏皮的文风著称，其代表作品《迷失在网路与现实之间的爱情》，在网络上广受欢迎。李寻欢早年热衷于写球评，他甚至认为"中国第一篇网络文学"是《大连金州没有眼泪》(1997 年 11 月 2 日)。值得注意的是，李寻欢不仅是一位成功的网络作家，还涉足出版业，担任过榕树下网站主编，推动了许多畅销书的出版。他的作品多涉及情感、生活等题材，深受读者喜爱。

在早期一些有关网络写手的排行榜中，今何在常常名列榜首。今何在，这个在大多数写手排行榜上位列至尊的写手究竟是何方神圣？对这个问题有兴趣的读者不妨上网"八一八"今何在，看看当前的网络读者对这个超级"大神"的看法与我们所整理的材料有什么样的不同。

今何在，原名曾雨，江西南昌人，生于 1977 年，于 1999 年毕业于厦门大学。这个名字从 2000 年前后开始，逐渐凭借着《悟空传》而广为人知。在这部作品出现之前，对经典文本进行"无厘头"式的解构已然随着周星驰在一系列电影当中的表现而颇成风潮。与《悟空传》前后时间出现在网络空间中的，同样以《西游记》为解构对象的文本，还有明白人的《唐僧传》、慕容雪村的《唐僧情史》、冰沁雪儿的《唐僧日记》、林长治的《沙僧日记》、吴俊超的《八戒日记》等作品。这些作品也已然开始将轻松跳脱的网络语言、对原始情节的颠覆性解读等引入文本。

　　与"江湖"相类似，跨媒介的诸多《西游记》文本和影视已然构成了一个"共同体"。其中，从大闹天宫到西行取经的情节框架，以及包括唐僧、孙悟空、猪八戒、沙僧及神佛妖魔等诸多经典形象在内的基本人物构成，共同支撑起了这一"共同体"的主要面貌。此时，对于读者来说，一旦进入"西游"的语境，所面对的大致情节和人物是可以预期的。虽然其中许多作品的情节呈现是以超越性的颠覆或重构为基本手法的，但这些作品依旧根植于《西游记》的叙事框架当中。

第三节　●
第二代网络写手的孤独狂欢　●

　　从第一代的安妮宝贝、"三驾马车"、俞白眉、黑可可、罗森、朱海军等，到第二代网络写手江南、慕容雪村、何员外、可蕊、蓝晶、陆幼青、李臻、西门大官人、木子美、尚爱兰、竹影青瞳等，他们的所思所想主要源于现实生活乃至个人经历，无论他们写校园、写爱情，还是写战争，甚至写历史，我们都可以从中读到一个关键词，那就是"青春"：青春的辛酸苦辣、青春的喜怒哀乐、青春的纯真浪漫、青春的无怨无悔。这一点与此后市场化写手的情形大不相同，与第三代网络写手走向历史、穿越的题材判然有别，与第四代网络写手热衷的灵幻、玄幻、科幻更是迥异其趣。

　　当然，不少论者看到了第一、二代网络写手与王小波、王朔甚至周星驰的关系，这一点的重要性是毋庸置疑的。关于这一点，我们在此前此后都反复论及，故兹不赘述。周志雄在评论宁肯的小说《蒙面之城》时指出："这是一篇关于个人青春成长的小说，小说的主人公背叛了自己的家庭，背离了平常的人生道路，独自漂泊，坚持以审美式的人生体验

'行走在路上'。这是一篇具有'网络精神'的小说，因作者有很好的文学功底，这篇小说被视为在艺术上能和纯文学比肩的网络小说的代表。《草样年华》《粉红四年》等小说中，师道尊严被嘲讽，老师的高大形象被瓦解，个人成长的道路上充满了迷茫和愤怒。与五四时代青年人冲出封建家庭束缚的主题相承。"①

　　我们对第二代网络写手的界定，或许最易遭人诟病。首先是第二代与第一代、第三代的界线如何划分，确切的依据是什么？某一个写手，有人称之为第一代写手，也有人将其归为第三代写手，我们为什么要将其归入第二代写手？这类看似再简单不过的问题，如果要想从理论上找到令人信服的答案，其实非常困难，因为写手的分代很难找到可以一以贯之的逻辑起点。坦率地说，笔者希望对这类问题穷根究底，彻底摸清来龙去脉，但无奈力有不逮，只好存而不论。对这类近似于名实之辩的难题，如果毫无洞见，最好保持沉默。我们姑且按照公序良俗的原则，顺着约定俗成的路子前行吧。

　　事实上，网络写手的代际划分也未必有确切不移的根据，更多时候可以说是"沉默的大多数"像市场那双看不见

---

① 周志雄：《网络文学的发展与评判》，人民出版社 2015 年版，第 10 页。

的手一样在发挥作用，或者说是一些约定俗成的潜规则在起作用。例如，酒徒在 2000 年就有出手不凡的《秦》，以这种资历足以跻身第一代写手行列，但《秦》多少有些"生不逢时"。2003 年酒徒重炮推出的《明》一炮震动网络文坛，他甚至因此被誉为"架空历史小说的开山鼻祖"！那恰好是第二代网络写手高歌猛进、纵横天下的时候，我们将其归入第二代网络写手似乎也名正言顺。但是，他此后推出的"隋唐三部曲"，包括《家园》（2007）、《开国功贼》（2010）和《盛唐烟云》（2012），以排山倒海之势，打造了一个辽阔无疆、风光无限的网络历史小说王国，酒徒因此在第三代网络写手中占据着领军人物的位置。将其安置在第三代网络写手阵营中，于情于理似乎也没有什么悖谬之处。这还只是从作品问世时间先后这一个侧面考虑，其他方面，如题材、风格、流派、影响等因素，可谓千头万绪，若细究起来，代际之划分，大约并不比英雄排序或将帅授勋容易多少。这也是为什么宋江为梁山好汉排座次要谎称是九天玄女的神谕。网络文学写手分代之难，由此可见一斑。

元好问也曾有类似的感叹："奇外无奇更出奇，一波才动万波随。只知诗到苏黄尽，沧海横流却是谁？"随着网络文学的快速发展，"沧海横流却是谁"的问题，顺理成章地受到了越来越多人的关注，网上叱咤风云的都是些什么人物？他们那些被人疯狂点赞的作品到底好在哪里？诸如此类的问题，当代文坛的有关方面早就该有个相对权威的"说法"了。在第二代网络写手纵横网际、第三代网络写手崭露头角的时候，一场大规模的网络文学作家作品的盘查与清点工作适逢其时地开展了起来。自 2008 年 11 月到 2009 年 6 月，由中国作家协会指导，中国作家出版集团、长篇小说选刊杂志社和中文在线共同举办的"网络文学 10 年盘点"活动，对 1998—2008 年这 10 年间的网络文学进行了全面摸底调查。这一次高规格、大规模的调研评估活动，可以说是对中国网络文学的一次全面"清理"与"检阅"，专家们以主流文学价值观和传统审美标准"审视"网络文学，在网络文学批评领域树立了"公正、公开、公信"的形象，在读者和作家中引起了强烈反响。

主办方发布了盘点规则，经初步摸底、网友推荐、文学期刊代表初审，在 1000 余部海选作品的基础上决出 21 部入围作品，交终审组专家交叉审读。21 位终审专家分别为进入终审阶段的 21 部作品写出评语，并背靠背地对作品进行名次排序。评分以 10 分为满分，以交叉审读累计总分的平均值为最后得分。进入终审的 21 部作品，按照最后得分高低顺序排名如下：《此间的少年》（江南）9 分；《成都，今夜请将我遗忘》（慕容雪村）9 分；《新宋》（阿越）8.5 分；《窃明》（大爆炸）8 分；《韦帅望的江湖》（晴川）8 分；《尘缘》（烟雨江南）7.5 分；《家园》（酒徒）7.5 分；《紫川》（老猪）

7.5 分；《无家》（雪夜冰河）7.5 分；《脸谱》（叶听雨）7.5 分；《狼群》（刺血）7 分；《天行健》（燕垒生）7 分；《琴倾天下》（宁芯）7 分；《都市妖奇谈》（可蕊）7 分；《原始动力》（出水小葱水上飘）6.5 分；《电子生涯》（范含）6.5 分；《回到明朝当王爷》（月关）6.5 分；《官商》（更俗）6 分；《曲线救国》（无语中）6.5 分；《真髓传》（魔力的真髓）6 分；《凤凰面具》（蘑菇）6 分。活动最后盘点出了"十佳优秀作品"和"十佳人气作品"。

十佳优秀作品：《此间的少年》《成都，今夜请将我遗忘》《新宋》《窃明》《韦帅望的江湖》《尘缘》《家园》《紫川》《无家》《脸谱》。

十佳人气作品：《尘缘》《紫川》《韦帅望的江湖》《亵渎》《都市妖奇谈》《回到明朝当王爷》《家园》《巫颂》《悟空传》《高手寂寞》。

作品榜单发布后，"沉默的大多数"不再沉默，大多数网友对专家的盘点结果不以为然，认为这不是网络文学爱好者的网络文学，而是传统文学眼中的网络文学。但无论如何，这次盘点的影响都是不容低估的。上述进入终审的 21 部作品，几乎每部都有好几家出版社出版了纸质版，不少作品甚至被改编成了电影、电视剧，如《成都，今夜请将我遗忘》。

2009 年"网络文学 10 年盘点"排名榜首的作品是《此

间的少年》①，这部作品是以金庸小说人物为基础的同人小说，是一群青年的大学生活故事。小说以宋代嘉祐年间为时间背景，故事发生的地点在以北京大学为原型的"汴京大学"。用作者江南的话说："《此间的少年》中使用的人名无一例外地出自金庸先生的十五部武侠小说……但是，无论这个故事中的人物叫什么名字，他们都不再是人们耳熟能详的江湖英雄和侠女，他们更贴近于曾经出现在我身边的少年朋友们，而《此间的少年》，也是一个全新的故事"，"《此间的少年》只是一个少年时代的轻狂舞蹈。在尚未遗忘之前，我用当时的心情把过去复制下来，留给多年以后的朋友和自己看"。

小说《此间的少年》中的主要人物是我们同样熟悉至极的乔峰、郭靖、令狐冲等大侠，不过在大学里，他们和我们当年没有什么不同：早上要去跑圈儿，初进校门的时候要扫舞盲，有睡不完的懒觉，站在远处默默注视着自己心爱的姑娘……在这个学校里，郭靖和黄蓉是因为一场自行车事故而相识的，而这辆自行车是化学系的老师丘处机淘汰下来的；杨康和穆念慈则从中学起就是同学，念慈对杨康的单恋多年无果，最后选择的人却是彭连虎。脑中存着金庸小说先前的

---

① 见百度百科"此间的少年"词条，http://baike.baidu.com/view/176705.htm，2024年8月16日。

印象，再徜徉于这样一个全新的故事中，是一种双重的体验，而这双重的回忆最后归结为一点，那便是我们那一段或者年轻的朋友正在经历的轻狂无畏的少年时光。我们在这里种下了自己最初的爱情，错过了最初的缘分，经历着自己光辉灿烂的荣耀和黯然神伤的挫折，然后从这里走开，永远地走进了成年。

无论是面屏追读还是持卷细品，阅读《此间的少年》的读者都会反反复复地遇到这样一段告白："这是一本引人入梦的书，一本让我们在不知停歇的劳顿中稍息的书，一本掩卷后轻叹一声却又心满意足的书。"[①] 读完小说前，或尝疑乎是；读完小说后，必定犹信然。

对于那些出生于 1975 年之后的写作者来说，他们所面对的话语环境，在某种程度上呈现出的是旧有政治化宏大叙事语境退缩之后，系统化世界观念依旧缺位的状况。作为他们的共同话语方式，他们的作品当中具有颇多彼此可以相互印证的特征。如他们常常诉诸既有的文本资源，写作常常是以对这种资源二次加工的方式进行的，但其文本同时也具有进一步衍生的能力。文本及其读者既是在构建自己的文化共同体，也是在以围绕自身单一文本形成的小共同体，来汇聚

---

① 2023 年 5 月，广州知识产权法院对"金庸诉江南同人作品案"做出终审判决，认定《此间的少年》分别构成著作权侵权和不正当竞争。这一判决也为我们如何理解和评价网络文学作品带来了新的挑战。

成更大的共同体。此时更加具有历史意涵或者历时性意味的"传统"一词已经不能适用于对这种共时性存在的描述，唯有不断地发掘信息与信息、文本与文本之间相互介入的程度与层次，才能理解或发掘它们各自所指向的意义空间，以及其在共同体当中的地位（相对于所谓"历史地位"）。

显然，通过这样的创作方式产生的作品大多数都类似于《悟空传》，尽管我们也可以看到作者投射在文本当中的反抗精神，但作品的表现形式乃是通过具有局限性的文本指向相对形而上的"秩序""规则""善恶""命运"，而非可以直接触及现实生活中的罪恶、低俗、权力、人情——因为此时，作者们对"现实"生活的反映常常是缺位的。从整体写作思潮来看，对这种缺位的认知，以及用对现实生活的热情来充实文本，则要等到 2010 年前后[1]。至于在 2000 年左右，对这些刚刚踏入或者踏出大学校园的作者来说，有限的校园生活其实是他们最好的书写对象和写作资源，江南的《此间的少年》则可视作这一时段的典型作品。

我们应当看到，面对读者市场，《此间的少年》实际上完成的是对记忆中或者想象中的"大学生活"进行选择性复现并加以美化的过程。这一过程所唤起的情绪、故事和结局，因作品中人物的丰富性，几乎涵盖了读者生活中可能遇

---

[1]　比如今何在、潘海天等人开始撰写"中国平民英雄系列"作品。

到的大部分情境。《此间的少年》单纯的故事之所以具有迷人的魅力，原因或许在于它始终回响着这样一种"音乐背景"，那就是"青春啊青春，美丽的时光"。其中，已经逝去或者还不曾到来之"青春"相关话题，相当契合读者在阅读当中所持有的期待。在这个意义上，作者将多种个体化的经验及其可能性在文本中并置，其中反映的"生活"虽然与现实经验极其相似，但在经过作者加工之后，却显得更具有审美愉悦性。

即便仅仅从商业意义上说，《此间的少年》的确相当成功地契合了市场的需要——这一特征也同样贯穿于江南参与构架的"九州"世界，特别是其历史部分当中，当然也包括同样在市场中大获成功的《龙族》等一系列青春题材作品。"九州"尽管是一个相对开放的"架空世界"，但江南的《九州·缥缈录》系列在其中占据了相当重要的地位。而在这部作品之外，更多的文本创造都呈现为大量的"设定"，尤其是其中的历史叙述。而《九州·缥缈录》系列的独特性在于，它实际上很大程度地抛开了世界构架对于情节合理性的限制——即便并不存在一个庞大的"九州"世界，我们依然可以预言"缥缈录"必然在阅读市场上大获成功——事实也确如此。如果认为《九州·缥缈录》系列的最初作品尚且怀有某种青年时期的创作冲动，那么大约在 2007 年之后，作品就越来越呈现出市场化的特征。至于之后让江南登上 2013

年中国作家富豪榜榜首的《龙族》，更是极为精准地把握住了中学生阅读的心理趋向——这也有其依据，创作之初，编辑杨小邪拿着小说的提纲"跑了3个学校采访200多个学生，亲自去书摊发调查表"[①]。这一系列作品远比同类首发的实体书籍来得厚实，篇幅其实更加接近网络小说，但凭借远高于网络阅读的售价和国内数一数二的铺货能力，江南的收入超过郭敬明，倒也并非无法理解。

第二代网络写手中有不少文学功底深厚的实力派，慕容雪村、何员外、十年砍柴等都是其中的杰出代表。这几位粉丝心目中的"大神"级写手，都创作出了足以载入当代文学教科书的优秀作品。例如慕容雪村的《成都，今夜请将我遗忘》、何员外的《毕业那天我们一起失恋》、十年砍柴的《闲看水浒》、宁肯的《蒙面之城》、李臻的《哈哈，大学》、尚爱兰的《性感时代的小茶馆》、云中君的《我一定要找到你》、漓江烟雨的《尘缘》、西门大官人的《说好一言为定》、中华杨的《中华再起》、陆幼青的《死亡日记》、黎家明的《最后的宣战》、王猫猫的《混沌中的幸福》、恩雅的《爱在北京冰天雪地里》、雷立刚的《秦盈》等，都可以说是第二代网络写手奉献给网络文学园地的优秀作品。

---

① 葛佳男、牛三斜：《霸主江南》，《人物》2014年第3期。

第四节
网络签约作家的市场转向

2003 年 10 月，随着在业内领先地位的巩固，起点中文网全面实行 VIP 付费阅读，推行分级付酬的网络版权签约制度，商业化运作迅速提升了其知名度与影响力。截至当年 11 月 10 日，VIP 优惠期结束，开始正式收费时，起点中文网也不过有 23 部 VIP 作品，且里面有相当部分是友情签约。但由于采用的是全额支付制度，第一个月就有作者的稿费超过千元，与之前 VIP 网站的稿酬相比，这已经具有质变的意义了。从当时的工资情况看，月稿费超过千元意味着写手有可能通过网络写作养活自己。这种情况下，起点中文网发表了"起点中文网 VIP 订阅制度试行回顾"，宣布："在 VIP 会员的踊跃订阅下，VIP 优秀作品已经达到 10 元 / 千字的稿费水平，订阅成绩最好的作者在本月里已经收入超过千元的稿费。"这个公告产生了两个结果：（1）使得起点 VIP 对作者的吸引力大大增强；（2）刺激了正在犹豫不决的其他网络书站。到 2003 年底，起点中文网宣布"VIP 计划中订阅率最高的作品已经达到 20 元 / 千字的稿费级别"，并且"访问量位居世界 500 强行列，国内排名前 100"。由此，一场轰轰烈烈的 VIP 运动席卷了绝大部分的文学网站，天鹰、翠微居纷纷宣布开始实施 VIP 制度，而幻剑书盟也连续推出了"手机短信价格"的调查和"书盟收费服务"的调查，其目的不言自明。VIP 制度走上正轨，意味着在网上发表作品也可以获得较高的稿酬。

在这种背景下，先前以网络涂鸦打发时光、现在却有可能"混沌从良"的一批年轻人，依照网站的提示，无师自通地把自己培养成了试水网络写作的签约写手。其中不少终日在屏幕与键盘之间"闲逛"的"网虫"，也纷纷从起点中文网这个巨大的孵化器中破茧而出，摇身一变，成了一群在网络文学辽阔天空中振翅翻飞的彩蝶了。一时间，"签约写手"成为各大媒体的热门词语。逐步走向成熟的网络文学自此出现泾渭分明的分化势头，一批"为文学而文学"或"为娱乐而网络"的青年人转而开始为挣钱而写作了。

从一定意义上说，VIP 制度的适时开启对网络文学的生存与发展具有革命性的意义，它使付费阅读这种运营模式从理论走向了现实，网络写作也因此顺理成章地变成了一种可以养家糊口的职业。与此同时，类型化、市场化、快餐化的网络文学生产机制也具雏形。一大批类型化的佳作，如《诛仙》《鬼吹灯》《盗墓笔记》《韦帅望的江湖》《明朝那些事儿》《新宋》《窃明》《九州·缥缈录》《尘缘》《致我们终将逝去的青春》等，在这一期间陆续问世，为羽翼未丰的网络文学带来了巨大的声誉。正是这一批文学作品所掀起的一波又一波的轰动效应，使传统文学真正感受到了网络文学的威力与挑战。

学术界将这一代网络写手的主要活动时期大体定在2003—2008年，即从起点中文网的付费阅读模式开始，到"盛大文学"成立为止，这一段时间正好是网络文学从试水市场到确立产业化机制的过渡阶段。令人印象深刻的是，这个过渡阶段的起止点竟有如此确切的界碑，这也让写手的代际划分变得相对清晰。对于始终伴随着争议之声的网络文学来说，这个时期对自身形象的确立极为重要，应该说，这是一个需要"明星"也的确涌现出大量"明星"的时段。有学者指出，"第三代写手中不乏大才，他们写的许多作品虽然因类型化而虚幻，但不得不佩服他们天马行空的想象力、横溢的才华与激情四射的热血。像萧鼎、天下霸唱、唐家三少、南派三叔、玄雨等等。还有当年明月、灰熊猫、雪夜冰河、阿越、曹三公子、月关等对历史的雄阔把握与理解也令人不得不叹为观止。赵赶驴、三十等人幽默轻松的文笔，桐华、金子、天下归元、辛夷坞等女性写手的爱情笔墨都可圈可点。总之，第三代写手用他们的作品开拓出了文学市场，吸引更多的人重新回到文学的阅读场，带动了我国文学市场的繁荣。同时也开辟了我国文学类型化的道路"①。可以说，自第三代写手闪亮登场开始，网络文学才有望在中华文学史上占有一席之地。

1998 年，《第一次的亲密接触》问世以后，有人惊呼，原来文学还可以这么"玩"！2007 年《明朝那些事儿》出名以后，有人感叹，"原来历史还可以这样写"！喜欢这部"另类历史"的"明矾"们注意到，这部题为《明朝那些事儿》的网络作品，早在 2006 年 3 月 10 日就已在网上亮相了。作者"当年明月"是一个名叫石悦的 26 岁公务员。当他开始在网络上写"明朝的那些事儿"时，并没有意识到自己正在创作一部注定要被载入史册的长篇历史小说。到 2009 年 4 月 7 日"杀青"时，这部历时三年写成的作品，累计已有 150 万字。小说主要讲述的是从 1344 年到 1644 年这 300 年间的帝国兴亡、君臣大义、国计民生等宏大话题，但作者以市井小民的视角看明朝，"多少兴亡事，都付笑谈中"，以庄严正大的史料为基础，以确切年代和真实人物为主线，以小说笔法和娱乐心理，书写了有明一代的政治经济文化大事及帝王将相、平民百姓的日常琐事。无论事情巨细，只要有料有趣，他便娓娓道来。

---

① 聂庆璞等：《网络写手名家 100》，中央编译出版社 2014 年版，"前言 网络写作：从心灵化到类型化的转换"，第 3 页。

意外爆得大名的当年明月，每每回忆起写作之初的经历，都难免感慨一番。这些起初漫不经心、原本"只图一乐"的文字，出乎意料地引起了网友们极大的关注。特别是他的那句"历史应该可以写得好看些"的名言，得到了数百万网友的追捧。他的写作动力，与其说是出自"春蚕吐丝"般的内在需要，毋宁说是源自粉丝们的热情点赞与喝彩。网友们的称赞或许可以一笑置之，但出版商的青睐却让作者看到了实实在在的好处。作品尚未完成就已开始出版，网上连续刊载到一定篇幅后就结集出版。几年之后，这部七卷本小说的总销量突破千万册，成为"近三十年来最畅销之史学读本"，在读者中掀起了一股"读史热"和"明朝热"。小说多次登上各大网站的畅销书排行榜单，并已被译为日、韩、英等文字出版发行。不用说，公务员石悦在"扮演""大神"级写手当年明月的过程中，毫无悬念地快速"蜕变"成了文学圈内的富豪。

当年明月的这部小说，就如同历史著作一样严格地遵循着时间顺序，依照历史年代历数明朝所发生的大事儿、趣事儿、喜事儿、怪事儿、风流事儿、伤心事儿……作者以生动活泼的网络语言，从开国皇帝朱元璋一直讲到亡国之君崇祯帝，像说评书一样对大明王朝17朝16帝所经历的家事、国事和爱恨情仇进行了戏剧化的演绎。明朝著名和非著名人物的"那些事儿"，被作者一桩桩、一件件地摆上台面，描红画绿，娓娓道来。作者以网络流行语体对历史人物和历史事件所进行的故事化盘点和梳理，不仅赢得了读者的喜爱，而且还意外地赢得了一些史学大家的认可。评论家们认为，小说既以史学家的笔触对当时的政治经济制度进行评价，又以小说家的笔法展开叙事，并对人物的心理进行了深入的揭示，从而成就了历史的"第四种写法"。

当年明月作为海关关员，其作品如此炙手可热，中国海关出版社自然不会放过这种"近'海'楼台先得'月'"的机会。2009 年"海关版"的《明朝那些事儿》对这部作品的介绍可谓提纲挈领、言简意赅，认为小说基本以史料为基础，对明朝帝王、王公权贵和部分小人物的命运进行了全景式描绘，其中对官场政治、战争、帝王心术的描写尤为精细，对当时政治经济制度、人伦道德的演绎堪称出神入化。

在第三代网络写手群体中，同样以"明朝那些事儿"题材而誉满天下的酒徒、月关无疑是值得浓墨重彩地写下一笔的重要人物。在当年明月成名之前，酒徒就已经在网络上经营出了一片不大不小的地盘，他的试笔之作《秦》（2000）本来出手不凡，但并未产生预期的效果。三年之后，他推出的历史架空小说《明》（2003）使其崛起于网络江湖，紧接着的《指南录》（2006）也为他赢得了广泛、深入而又持久的关注。有评论说，《明》一举成名，红透网络文学世界，酒徒也因此获得了"架空历史小说开山鼻祖"的美誉。

另一位以"明越"题材崛起于网络的大神是月关。2007年，月关以首作《回到明朝当王爷》横扫网络，当年即囊括了多种奖项。在 2008—2009 年举办的"网络文学 10 年盘点"活动中，月关的这部"明越"经典之作入选十佳人气作品第六名。此后的《大争之世》《步步生莲》《锦衣夜行》等作品也一直保持着极高的关注度。在众多铁杆粉丝眼中，月关有如繁星点点的写手群里的一轮明月。除此之外，同为第三代写手的灰熊猫，也是以"明越"类的惊世之作《窃明》而红透网络的。阿越和灰熊猫无疑也是站在最受网友欢迎的"诸神"行列前沿的两位。

在第三代网络写手中，有不少写出大作的大家，他们在网络文学转向市场的过程中，以动辄上千万字的鸿篇巨制，将小说艺术带回到了口传文学无体量限制的传说时代。简而言之，这是藏龙卧虎、"大神"辈出的一代，关于这一点，前文已有多次直接或间接的描述。其中最直接的描述源自聂庆璞等人的《网络写手名家 100》一书。在这本著作中，作者一口气分门别类地罗列出了第三代网络写手群体中的 40 多位"大神"。其中，擅长历史类题材的写手颇为引人注目，如前文提到的当年明月、曹三公子、酒徒、月关、灰熊猫、阿越、雪夜冰河、天使奥斯卡等；擅长战斗类题材的写手如纷舞妖姬、骷髅精灵、晴川、刺血、玄雨、卷土等；还有情感大师赵赶驴、流潋紫、饶雪漫、三十、金子、桐华、禹岩、辛夷坞等；幻灵类写手更是人才济济，如唐家三少、天下霸唱、梦入神机、南派三叔、格子里的夜晚、兰帝魅晨、流浪的蛤蟆、猫腻、辰东、树下野狐、跳舞、无罪、萧鼎、血红、青斗、烟雨江南、燕垒生、云天空等；此外，还有类无归属的千夫长、徐公子胜治、更俗、静官、戴鹏飞等。这些"大神"级写手，任凭提起一个，其人其作，都足以撰写出一部别具特色的网络文学断代史。限于篇幅，且为了避免不必要的重复，这里姑且挑选出几位"大神"作为第三代优秀网络写手的代表，资料主要出自网络和聂庆璞、曾繁亭等人的研究成果。其他重要写手，将以不同面貌出现在不同章节之中。某些没有出现在本书中的"大神"，有些是因我们眼界所限而不见泰山，有些则是特意雪藏待用，为下一部著作储存镇守家园的"种子选手"。

研讨专题

1. 早期网络文学有哪些主要代表作家和代表作品？

2. 怎样才能成为一个合格的网络作家？

3. 早期网络文学的"三驾马车"是哪些人？他们的创作有何特点？

4. 如何看待签约作家的市场转向？

5. 网络文学的创作与传播方式主要有哪些？

拓展研读

1. 欧阳友权:《网络文学概论》,北京大学出版社 2008 年版。

2. 周志雄:《网络空间的文学风景》,人民文学出版社 2010 年版。

3. 曾繁亭:《网络写手论》,中国社会科学出版社 2011 年版。

4. 聂庆璞等:《网络小说名篇解读》,中国社会科学出版社 2011 年版。

第三章

/Chapter 3/

网文生产：梦工场
与说书人

第四代网络写手是网络小说类型化的推动者和既得利益者，他们所经营的类型化写作园地，正处在一个头茬收成意外丰盛的好时期。他们在第三代网络写手开拓的类型化的跑道上一路狂奔，创造了人类写作史上的一个又一个奇迹，如写手规模之大可谓前所未见，日更字数之多令人咋舌，版税收入之高更是让人惊叹。

市场化和类型化是第四代网络写手的两个关键词。市场化是类型化的目的与推手，类型化是市场化的手段与途径。早期网络文学一直具有民间文学或大众文学的特点，民间文学注重心理表达，是内心情感的自然表露，所以早期写手如同春蚕吐丝一般，自然而然地写出了一系列"心灵化"的作品。他们所从事的是王朔所谓"手对着心"的写作，不是那种直接奔着钱去的写作。按照聂庆璞的说法，心灵化写作是不在意消费的，也不能进行工业化生产，是一种与类型化写作完全不同甚至相对的东西，而第四代网络写手"终于摸到了类型的门路，开始文字产品的制作……至此，我国网络文学终于完成了从心灵化到类型化的转换"①。

随着网络文学产业化进程的日益深入，类型化写作唯点击率马首是瞻的情况会变得越来越普遍。一个有趣的现象是，第四代写手主要关注玄幻与言情两大类别，从前异常热门的官场、黑幕、武侠等题材似乎受到了一定程度的冷落。为什么会出现这种情况呢？有人认为这与有关部门倡导的"净网行动"有关，也有人认为，这是读者阅读趣味转向的结果，但无论出于何种原因，第四代网络写手通过专注于点击率所得到的回报，不仅超出了读者与研究者们的想象，即便是作者本人，在面对自己的收入账单时，偶尔也会有几乎不敢相信自己眼睛的时候。

第四代网络写手中的主要代表人物，无疑包括我吃西红柿、苍天白鹤、天蚕土豆、烽火戏诸侯等超级"大神"，他们在类型化道路上开辟出了自己的一片广阔天地，形成了读写呼应的良性循环和众星捧月的"造神"气象。除了这四位"大神"之外，在幻灵、奇幻类小说领域呼风唤雨的骁骑校、打眼、方想等也是备受网友热捧的大神；高楼大厦、柳下挥、七十二编在各类排行榜中都有不俗的表现，了不起的胜己、天籁纸鸢、忘语等超一流写手也都在聂庆璞等人的《网

---

① 聂庆璞等：《网络写手名家100》，中央编译出版社2014年版，"前言　网络写作：从心灵化到类型化的转换"，第3—4页。

络写手名家 100》中占有重要地位。第四代网络写手中的情感类大师为数众多，仅聂庆璞等人列出的百名"大神"中就包含了 13 位，他们分别是天下归元、涅槃灰、纯银耳坠、宁芯、烽火戏诸侯、黛咪咪、浅绿、黄晓阳、12 乖乖、蘑菇、鱼人二代、小鬼儿儿儿、紫月君等。限于篇幅，我们的评介难免有遗珠之憾与偏颇之失，这里只能挑出几位代表人物，约略考其行迹，并对其一两部声名卓著的作品做一番大写意式的评析，或蜻蜓点水，或管窥蠡测，或以点带面，期望可以通过对几位"大神"的粗略评介，让人对"气吞万里如虎"的第四代网络写手有一个剪影式的认识。

第一节 ●
　　　　　　　　　　　　　　　　　　　　：
唐家三少、天蚕土豆、骁骑校 ●

在第四代网络写手的英雄谱系上，除了我吃西红柿极为引人注目外，唐家三少、天蚕土豆、骁骑校等著名写手，也是光彩夺目的明星"大神"。他们在网络小说类型化和产业化的道路上健步如飞，创造了一个又一个令人惊叹的奇迹。

一、唐家三少与《光之子》

唐家三少，本名张威。1981 年 1 月 10 日生于北京，毕业于河北大学政法学院。现在的主要身份是中国网络小说作家，同时还是炫世唐门文化投资有限公司董事长。

大学毕业后，唐家三少进入中央电视台，从事央视国际网站相关工作。但那时的网站正处在起步阶段，经济效益很差，员工的薪资自然也不理想。两年后，他便跳槽至一家 IT 公司。但他跳槽之后，恰逢 2003 年 IT 业泡沫经济遭遇寒潮，各类公司都要大量裁员，当时年纪轻、资历浅的张威就此变成了"待业青年"。

相关资料表明，唐家三少的写作生涯是从失业之后开始的。2004年2月，受网络小说的影响，他在读写网开始创作处女作《光之子》，但不久之后，他离开读写网，又加盟了如日中天的幻剑书盟，并很快创作出了当时不被看好、后来却大受追捧的《狂神》。2005年1月，《狂神》完结，他又开始创作标志着"告别幻剑书盟"的《善良的死神》。同年5月，他转战起点中文网，开始创作《惟我独仙》，并逐渐走向了"惟我独仙"的超级"大神"之路。自此之后，他的《空速星痕》(都市异能)、《冰火魔厨》(玄幻类)、《生肖守护神》(都市类)、《琴帝》(玄幻类)、《斗罗大陆》(异世大陆)、《阴阳冕》(后更名为《酒神》，异世大陆)、《天珠变》(奇幻玄幻)、《绝世唐门》(异界大陆)、《天火大道》(都市生活)、《斗罗大陆外传·神界传说》(玄幻奇幻)等著名小说接连问世，作者本人也在各类人气榜和财富榜上步步高升。勤奋创作多年，他的作品总量已超过5000万字！人们称他为"网络时代的赛车手"，我们认为这主要有如下两点缘由：一是创作速度奇快；二是控制力度超强。

2011年，唐家三少的《斗罗大陆》系列和《天珠变》系列开始在线下发力，而他的《神印王座》则在线上线下同步推进，网络文学作品与纸书以极快的创作速度向前推进。就在这一年，唐家三少当选中国作家协会全国委员会委员，并担任北京作协青创会副主任、北京作协网络创作委员会主任，他也因此成为进入中国作协的第一位网络作家。不久之后，他还当选为中国作协主席团委员，开创了网络作家进入中国作协主席团的先例。

唐家三少最为引人注目的"头衔"之一是"网络作家富豪榜"①上蝉联多年的"首富"。2012 年，他以 3300 万元版税收入，问鼎第七届中国作家富豪榜之网络作家富豪榜。2013 年，他的版税收入高达 2650 万元，又一次问鼎网络作家富豪榜。2014 年，他甚至入选福布斯中国名人榜，成为榜单上唯一的网络作家。2015 年，他的《天火大道》系列开始出版，并获得首届中国"网文之王"称号。是年，他以 1.1 亿元版税收入第四次问鼎网络作家富豪榜。这个借自己的恋爱故事开掘写作生涯第一桶金的网络写手，在成为"威震天下"的成功人士之后，开始"重温旧情"，又写起了自传体爱情小说《为了你，我愿意热爱整个世界》。不出所料，他轻车熟路的作品又一次获得了"近乎平庸的成功"。在网络类型小说势不可当的背景下，唐家三少这样的网络"大神"，可以说已经达到了一种"纵横天下全无敌"的境界。有人在形容"张威"这一拨"大神"的"神威"时说，他们是"指哪儿打哪儿，打哪儿赢哪儿"！事实上，他们"不战而屈人之兵"的本领一样不可小觑。譬如，天蚕土豆的《武动乾

---

① "网络作家富豪榜"是"中国作家富豪榜"子榜单，于 2012 年首次推出。

坤》在其刚刚发布一个题目的时候，就出现了"正文零字数，点击过百万"的奇迹。方想更是创造了"72 个字卖了 800 万"[①] 的网络传奇。

但是，不少人常会有这样一个疑问：为什么在传统文坛上屡遭冷遇的"小白文"在网络上竟然能获得如此辉煌的业绩呢？这个看似简单的问题一直没有令人信服的答案，学者见仁见智，读者更无定论。有人认为唐家三少靠小白文一路斩关夺隘的秘诀在于他接地气、通人心，掌握了阅读市场讨巧的套路。也有人认为，他不过是运气好，较早地占据了网络文学卖场的"有利摊位"。相较而言，网友党宇航的看法有一定代表性。他认为，唐家三少的成功归根到底是小白文的胜利，因为小白文能够迎合读者的需要，满足粉丝们的偏好：（1）小白文直白易懂，具有口语化的亲和力，无须太多知识储备就可以轻松享用；（2）用小白文写成的故事，逻辑简单直接，没有晦涩的内容，通俗易懂；（3）情节节奏把握到位，基本没有大段过场，这也是唐家三少最为人称道的优点；（4）故事高潮迭起，总能抓住眼球；（5）要么扮猪吃老虎，要么肆意纵横，要么沉冤得雪，小白文总能抓住粉丝们

---

① "2015 年 10 月，《五行天》发布当天，寥寥 72 字，IP 交易现场其影视改编权即以 800 万天价成交，创造了'更新 72 字版权售出'的神话。如今，《五行天》更跻身 2016 年度福布斯·中国原创文学风云榜总榜第七位，再度验证了它作为一部超白金 IP 的价值。"见《72 字卖出 800 万〈五行天〉荣登福布斯，正版手游今日封测》，2017 年 1 月 22 日，http://www.gamelook.com.cn/2017/01/279573，2024 年 8 月 16 日。

的"爽点"。这样的小白文（通常也称为"小爽文"），基本不需要动脑子就可以牢牢抓住读者眼球，粉丝们读起来顺畅、轻松、兴奋、痛快、解渴、过瘾……一个字——爽！粉丝可以享受各种"爽"！这正是读者对快餐文学的需求！他们得到了满足，没理由不火啊！如果你觉得它们都是小白文，毫无文学价值，逻辑幼稚……都对！但只能说明你不是它们的目标人群。[①]说到底，小白文是特定"用户群"的"专供品"，读者在这里变成了"用户"与"粉丝"，即所谓"目标人群"。

最大限度地满足金字塔底层读者的需求，尽力扩大阅读市场收益的基本面，即尽量扩大"目标人群"。其实，这可以说是古今小说百试不爽的"圈粉"之道。明代绿天馆主人描述了"说话人"带给听众的惊人效果："试令说话人当场描写，可喜可愕，可悲可涕，可歌可舞；再欲捉刀，再欲下拜，再欲决脰，再欲捐金。怯者勇，淫者贞，薄者敦，顽钝者汗下。虽小诵《孝经》《论语》，其感人未必如是之捷且深也。"[②]小白文最重要的功能就是像"说话人"一样讲故事，通过故事直接打动读者，深深触动粉丝。绿天馆主人的这段名言，如果翻译成今天的网络语言，就是"小白"能使粉丝

---

① 见党宇航对"唐家三少之流网络小说长盛不衰的原因是什么？"的知乎回答，2012 年 1 月 12 日，https://www.zhihu.com/question/19964372/answer/13682701，2024 年 8 月 16 日。
② 冯梦龙：《喻世明言》，岳麓书社 2019 年版，"叙"，第 1 页。

"蓝瘦香菇"，使读者产生强烈的代入感（捉刀）和五体投地的钦佩感（下拜），让想看的人"喷血急求"（决脰），让看了的人"倾情打赏"（捐金）。

看看当今网络文学界的"土三番"（即天蚕土豆、唐家三少和番茄），哪一个不是网络时代的"说书人"？天蚕土豆被称为"无线之王"，他的《斗破苍穹》在移动阅读端的点击量超30亿次！番茄则享有"主站之王"的美誉，每本书在小说分类的百度搜索指数中都稳居三甲之列；唐家三少被称为"实体之王"，其小说每年畅销数百万本，连年版税收入过亿元！这些"大神"，如果没有一大批甘愿为之"决脰""捐金"的铁杆粉丝，纵有"吸金大法"，也难有用武之地。从这个意义上讲，如果唐家三少他们果真有什么秘诀的话，那一定就是发现了"目标人群"，这个群体不是一般意义上的"读者"或"观众"，而是充满热情的"粉丝"与理性的"用户"。

众所周知，一旦文娱产业有了足够的粉丝，或产品有了足够的用户，成功与否就在于娱星或业主是否努力了。唐家三少成功的"秘诀"主要有两点：（1）"锁定目标人群"；（2）"长年苦耕不辍"。用网友的话来说就是，唐家三少垄断了一个年龄层！很多人刚接触到网络文学的时候都会看三少的书……小白每年都会源源不绝地涌进网络文学界，尤其现在是全民阅读时代，读者基数更大！而三少呢？可以说是中小学生的最爱，凡是看小说的中小学生，几乎无人不看三少的书，所以为什么说三少是一个顶尖的作者、一个成功的作者，因为他垄断了一个年龄层……三少就是业界的一个标杆，网络文学界的常青树！写了十几年的小说，从未有一天断更过，简直是业界楷模。[①] 将目标读者定位为中小学生，因为这个人群基数大。而能够作为"标杆"与"常青树"，主要依靠的是"长年苦耕""从不断更"。

《光之子》是唐家三少的首作与成名作，也是他得以屹立文坛的扛鼎之作，书中某些素材来自他和他妻子相识、相恋的真实故事。细腻的人物描写、神秘的异陆战争、跌宕起伏的大陆探险、幽默风趣的文笔，使小说具有很强的可读性。据介绍，《光之子》首发于读写网，后因网站原因转到幻剑书盟。再后来，因唐家三少更换驻站网站，连《光之子》一起迁移入户起点中文网。起点中文网提供的"一句话介绍"全文如下："一个懒惰的少年，因性格原因选学了无人问津的光系魔法，却无意中踏进了命运的巨轮，一步一步地成了传说中的大魔导师。正是在他的努力下结束了东西大陆的分界，让整个大陆不再有种族之分，成了后世各族共尊

---

① 见公子卫对"唐家三少算是网络小说作家里最成功的了吧，入选中国作协，作家富豪榜，福布斯名人榜，最近又自己开了公司。"的知乎回答，2017 年 2 月 1 日，https://www.zhihu.com/question/31884568/answer/142163951，2024 年 8 月 16 日。

的光之子。"[1]

根据起点中文网呈现的信息,《光之子》共分十二卷,另有"外篇"2章。即:第一卷,初级魔法学院;第二卷,中级魔法学院;第三卷,历练风云;第四卷,高级魔法学院;第五卷,学院大赛;第六卷,龙谷探秘;第七卷,魔族入侵;第八卷,惊现妖族;第九卷,魔族抢亲;第十卷,和平之议;第十一卷,光神的传承;第十二卷,最后的终结。第一卷交代了故事背景的总体架构,设定了大陆、国家,以及人物职业如魔法师、剑士、骑士等,并明确了他们的等级,另外还强调了主人公长弓的一大特点——睡觉的时候都能冥思。在此后的几卷书里,长弓从求学到"历练风云",并进入高级魔法学院继续深造,不断接受系统教育,功力逐渐增强。在他参加的大陆各国形形色色的比赛中脱颖而出。进入第六卷时,长弓进入了传说中龙的栖息地——"龙谷"。按照聂庆璞的说法,在所有的玄幻魔法类的小说中,"龙"都是不可或缺的重要角色。"龙"虽惯于"跑龙套",但在主角走向成功的道路上,它总是不能缺少的伙伴或是大力支持者。在仙侠小说中,"龙"通常代表力量和速度。在第七至第十卷里,故事更趋玄幻,魔族、妖族之间的争斗更加异

---

① 见起点中文网"《光之子》作品简介",2008 年 1 月 14 日,https://www.qidian.com/book/8361/,2024 年 8 月 16 日。

彩纷呈，令人欲罢不能。正如第十卷标题所暗示的，主人公终结了大陆上各族的纷争，达成了和平协议，天下自此太平。在第十一卷"光神的传承"中，作者描写了光神传承的故事，主人公最终修炼成了"光之子"，继承了光神的一切，并且还发扬光大，给人民带来了幸福和安康。最后，万恶之首被长弓斩杀于马下，长弓彻彻底底地结束了善与恶的纷争，维护了真善美。

这部作品的一个重要意义在于，其人物设定具有一定的示范作用。作品流行开来后，无数仿作紧随其后。男主长弓·威（由作者真名张威拆字改写而成），原本是光系和空间系魔法师，主修光系魔法，次修空间系魔法和龙决斗气。他曾拥有光神神位，但最终放弃。长弓性格另类，因而选修了无人问津的光系魔法，最终成了传说中的大魔导师。他曾被魔皇陷害毁容，后被柔儿所救。在他的努力下，东西大陆的分界被消除，整个大陆不再有种族之分，他成了后世各族共尊的光之子。他放弃永生，最后与木子、海水和小柔隐居。女主木子·默是魔神皇的女儿，身为魔族公主的她来人族打探情报，并用次修的风系魔法假扮成一名风系的人类魔法师，首次以原型遇到主人公时，因偷袭可扎失败而被囚禁，长弓舍命相救，并最终与其结为伉俪。木子主修黑暗魔法，次修风系魔法，并为长弓生育了光与暗两个儿子。

根据故事设定的背景，长弓·威所在的大陆叫"天舞大陆"，它和西边的"里拨大陆"是整个世界上的两块主要大陆，剩下的当然就是汪洋一片了。天舞大陆上有三个国家，分别是资源强国——达路王国、骑士之国——修达王国，以及长弓所在的魔法之国——艾夏王国。达路王国的面积是最大的，占了天舞大陆的七分之三，资源雄厚，国富民强，所属部队以战士为主、魔法师为辅。由于资金充裕，达路王国的部队是三大王国中最多的，实力也是最强的，但王国并不崇尚武风，对扩张也不太感兴趣，所以也被大陆上的人们称为和平之国。修达王国是一个崇尚骑士尊严的国度，国内只存在少量的魔法师，部队以战士为主。修达王国的骑兵是天舞大陆三大王国中最强的，其特有的三大地龙骑兵团全部是由中级骑士以上称号的骑士组成的，在没有任何屏障的平原上，没有任何军队能够阻止他们的冲锋。而艾夏王国是名副其实的魔法之国，每一个国民——即使是最贫穷的国民也都会接受最基本的魔法教育，国内拥有大型魔法学院数十所，每个公民都有学习魔法的权利，即使没有钱的平民也会由村、镇的长老教授一些最基本的魔法知识。①

　　有研究者指出，《光之子》最大的优点就是结构的"完整性"。"小说情节一步紧扣一步、一环紧扣一环，从头至尾，

---

① 唐家三少：《光之子》第一卷第一章《初章》，2004 年 2 月 24 日，https://www.qidian.com/chapter/8361/189384/，2024 年 8 月 29 日。

剧情的发展和最后的结局都非常清晰明了。虽然，当时年仅23岁的唐家三少在文字上可能功底还不是很深厚，作品也并不成熟，但他在构思上的独创和新奇是不容置否的，更重要的是，读者就是买他的账。三少也承认：'光之子是我的第一部作品，它还是不成熟的。我只是希望，自己的作品能给书友们紧张的工作学习中带去一股清风。只有在轻松愉悦之中才能做好自己想要做的事。'"[1]

有人说唐家三少成功的关键是"勤奋码字"，即千万不能让"追更者无更可追"。笔者曾对其"数年不断更"的说法进行过考证。他真的像网友们说的那么勤奋吗？当有人问唐家三少何以能十几年坚持日更近万字时，他讲了两个意味深长的故事。笔者姑且将其命名为《产房外的准爸爸》和《高烧的30岁生日》。前者讲述的是关于他在妻子的产房外六神无主时，只有靠写作才能使自己安静下来的经历。很多人说过，妻子临盆之际是丈夫最难熬的时刻，海明威的著名小说《印第安人营地》，讲述的就是丈夫因无法忍受妻子分娩的痛苦而以剃刀割喉自尽的故事。唐家三少为何能如此镇定，在等候孩子降生的过程中，居然能安坐于产房外，埋头于膝上的笔记本，轻松敲出数千字！或许正因为他魂不守舍，所以只能依靠编故事来消磨这段难熬的时间。有人问唐

---

① 聂庆璞等：《网络写手名家100》，中央编译出版社2014年版，第204页。

家三少，十几年不断更，难道生病了也不例外吗？唐家三少说，30 岁生日那一天，他高烧 40 多度，眼睛根本就看不清屏幕。晚上 10 点以后，他发现自己可以看清屏幕了，于是他一口气写了 6000 多字，这才安心睡觉。这两个足以催人"决眶""捐金"的传说，在网络上流传甚广。还有许多类似的"励志"故事，都印证了茅盾文学新人奖·网络文学奖颁奖词中"时不我待、只争朝夕"的说法。

以网络文学研究者的眼光看，在大多数研究者的著述中，唐家三少被归入第三代网络写手阵营，这无疑是正确的，因为他是"网站造神"运动中崛起的网络文学作家群体里当之无愧的优秀代表。但在笔者撰写的《网络文学作家论》（中国社会科学出版社 2022 年版）中，唐家三少却是被当作第四代"大神"来评介的。因为，就唐家三少多年的创作历史来看，他固然是第三代网络写手中的重要人物之一，但他真正的辉煌业绩几乎都是和第四代网络写手一同打造的。从某种意义上说，他既是前 IP 时代的种子选手，也是 IP 时代的当红"大神"。

仅 2016 年，唐家三少就联手"云莱坞"，一口气推出四款神级 IP。有娱记宣称，这四个 IP 皆有移山倒海的潜力，每部都足以构建一个"娱乐帝国"。其中《大龟甲师》曾是粉丝们望眼欲穿的玄幻之作，而炉火纯青的《神印王座》更是人气爆棚的"神作"；拥有万千粉丝的《生肖守护神》和

《酒神》在 IP 开发商眼里几乎就是触手可及的摇钱树。谙熟网络游戏规则的唐家三少，还不失时机地推出了自家公司炫世唐门的另外 10 部重量级作品。

唐家三少究竟是如何成为网络文学的标杆"大神"的，相关阐释可谓见仁见智。有人从后现代理论中借用武器，有人从经济学中发掘资源，也有人从媒介视角寻找灵感，还有人拿技术市场一体化趋势说事儿……总之是异见纷呈，莫衷一是。有趣的是，IT 业界有一个现成的说法，即所谓"风口理论"，能较好地解释"白文何以百战不殆"的谜团，但这个"理论"却较少有人提及。这个"理论"用高度浓缩的一句话来表述就是："站在风口上，猪都会飞。"①据考，这是小米科技创始人雷军在"2013 中国企业领袖年会"上提出的一个有趣的说法。自此之后，这一说法就成了科技业界，尤其是 IT 业界最时髦的流行语之一。

众所周知，在当今风头正劲的所谓"企业领袖"中，雷军大约算得上是与马云齐名的业界"大神"了。他用了不到两年的时间，就让一头名叫"小米"的"猪"飞了起来，而且越飞越高。

雷军的成功在于他恰逢其时地选择了互联网手机这个

---

① 2016 年 5 月 22 日晚，小米 CEO 雷军再次在微博上表示："站在风口上，猪都会飞。……其势来自《孙子兵法·兵势篇》，'故善战人之势，如转圆石于千仞之山者，势也'，意思是，善于指挥打仗的人所造就的'势'，就像让圆石从极高极陡的山上滚下来一样，来势凶猛。"雷军这句话的核心意思是要审时度势，顺势而为。

"台风口",并恰到好处地把控住了"小米"的飞翔方向与速度,使其越飞越快、越飞越稳。这个所谓"风口理论"说到底也不过是一个有趣的比喻而已。

尽管如此,我们也不得不承认,就某些具体问题而言,一个恰当的比喻,往往要比那些玄妙莫测的理论更能说明问题。譬如说,有研究者就认为唐家三少是"风口理论"的践行者和获益者,这个说法不仅颇接地气,而且有理有据,尽管它有可能会被传统学者嗤之以鼻。

众所周知,网络作家从写手到"大神",并非只靠作者的意愿和能力,而是一个类似于恩格斯所说的"平行四边形"法则的多方力量互相博弈的最终合力催生的结果。没有几十年社会主义市场经济的一路高歌猛进,没有科学技术的飞速发展,没有第三产业的大规模扩张,没有移动互联网的全覆盖式大力推进,没有粉丝经济的爆炸式兴起,没有娱乐产业群体的跨越式拓展,深谙产业发展趋势的互联网大佬们,又岂肯纷纷押注于以烧钱闻名的文娱产业?他们"一手伸向游戏影视制作,一手剑指 IP 创意源头",呼风唤雨,撒豆成兵,制造出一个个新时代的新神话。不用问他们何德何能,因为他们知道"风从何处来"。

单就网络文学产业而言,在互联网创意产业中,网络文学产业每年的几十亿产值或许微不足道,但正如批评家马季所说的,"网文行业"像发动机一样,在整个文化产业的

IP 运作中，具有原动力的意义，因为在当下中国 IP 产业新型业态的开发领域，网络文学写作无疑是整个产业链的创意源头。①

譬如，"前 IP 时期"的《杜拉拉升职记》，其创意源头不过是 2000 字的小博文，经过网站卓有成效的创意开发后，衍生出了长盛不衰的畅销书和据此改编的同名话剧（姚晨饰杜拉拉）、电影（徐静蕾饰杜拉拉）、电视剧（王珞丹饰杜拉拉）。"从 2000 字的博客，到图书、电影和话剧直接产值超过 3 亿元，一本书衍生出一条产业链"②，这里还没有涉及更为火爆的网游与手游产业。

众所周知，网络文学与网络游戏几乎一开始就是相互依存、共生共荣的"兄弟产业"。唐家三少等人的玄幻小说 IP 成了网游与手游改编者竞相争抢的创意资源。所有那些被业内人士看好的 IP，都是网络公司重金收购的对象。例如，2015 年方想的玄幻小说《五行天》，"区区 72 个字，居然卖出 800 万"！其影视改编 IP 创意被逗乐游戏果断收购。2016年，该作跻身"福布斯·中国原创文学风云榜总榜"，排名第七位，这也充分验证了《五行天》作为"神级"IP 的潜在价值。在网络文学 IP 的影视改编方面，2015 年中国电影票

---

① 据有关数据，2016 年，中国网络文学的市场规模达 90 亿元，市场产值突破 5000亿元。
② 杨雪梅、刘阳：《杜拉拉"升值"记（寻找文化产业样本）》，《人民日报》2010年 7 月 13 日。

房达 440 亿元人民币，其中根据天下霸唱的《鬼吹灯》改编的《寻龙诀》和《九层妖塔》两部电影就占了其中的 23.6 亿元。像《甄嬛传》《琅琊榜》《花千骨》《芈月传》《盗墓笔记》这些为广大观众所喜闻乐见的电视剧，也都是网络文学 IP 改编的成功之作。如今，"网文成为中国 IP 产业链条重要的创意源头基本成为一个共识"①。

站在网络时代之"风口"的唐家三少，并非全凭"网络台风"的"托举"，事实上，他对网络风潮的把控能力才是其成功的最重要因素。凡是对唐家三少的网文创作与经营情况稍有了解的人都不难发现，作为国内最早重视 IP 版权及全版权运营的创作者之一，唐家三少在转战起点中文网并有幸成为"大神"之后，已经对网络文学的后续产业链开发有了一个比较清晰的思路。事实上，他也是网评界公认的最早的"全能写手"之一，即最早对自己的小说进行游戏、漫画、影视改编等全版权运作的写手。唐家三少的一系列重要作品，如《斗罗大陆》《绝世唐门》等的后续产业链的锻造，如今已成为深耕网络文学产业化的经典案例。最令人惊讶的是，唐家三少竟然是著名的"网文 IP 六波推动模式"的重要创立者，其基本内容可简要概括如下：（1）创作前找到版权

---

① 见赤载对"如何看待唐家三少 1.1 亿再登网络作家富豪排行榜？唐家三少的水平如何？写的是小白文吗？"的知乎回答，2016 年 4 月 6 日，https://www.zhihu.com/question/42058391，2024 年 8 月 16 日。

合作方；（2）网络连载提供内容影响力；（3）实体书出版增强故事活性；（4）游戏改编提升读者阅读外的乐趣；（5）漫画改编下探读者年龄层；（6）影视改编扩大作品影响力。[①]普通读者或传统批评家受当下文化产业随意"混搭"潮流的影响，很可能会想当然地认为，唐家三少的上述"六波"之间并没有严格的先后顺序，因为"这一波"与"那一波"看上去是一种彼此勾连、互相助益的关系，它们都是"核心IP"综合孵化模式的六种常见方法而已。但是，在唐家三少的"全产业链多维度"开发程序中，每一波的时间节点与推进节奏都有"严格的时间把控"，既不容躐等，也不容延迟。云莱坞 IP 交易被业内看作是当下购买优质 IP 的最高效渠道。云莱坞聚合国内头部 IP，通过线上、线下渠道触达 3 万余家影视机构和 1000 多位专业制片人，基本全量覆盖影视行业，让优质 IP 在短时间内得到充分、高效的集中展示，并通过云莱坞专业的版权经纪团队快速完成评估、成交。

有评论指出："在 IP 泛滥的时代，独到精准的市场眼光与高效合理的资源整合能力变得愈发重要。相信唐家三少旗下手握大把优质内容的炫世唐门，与专业扎根影视版权市场的云莱坞双方的合作是一种双赢的模式。而对于数千万级别

---

① 娱乐硬糖：《唐家三少联手云莱坞放出 4 部神级 IP，每部都可构建一个娱乐帝国》，2017 年 10 月 20 日，https://www.sohu.com/a/199177025_104421，2024 年 8 月 16 日。

的唐家三少粉丝来说，这一合作将很可能快速推动一部分优质故事的影视化进程，值得期待。"① 人们对唐家三少的期待究竟何时以及在何种程度上"变现"，我们无须妄加推测。从对唐家三少的类型化写作和产业化布局的评介过程中，我们不难看出网络时代创作观念的变迁和文学范式的更替。

从网络文学发展的大趋势来看，目前正是"市场化"和"类型化"这对孪生兄弟大显身手的时候。如前所述，效率优先、"苦耕不辍"的市场化运作和锁定"目标人群"的类型化策略正是唐家三少成功的重要原因。

相较于网络文学的高歌猛进和 IP 改编的春风得意，传统文学日薄西山的颓败境况至今看不到改观迹象。站在伟大新时代的历史转折处，回望文学千年帝国曲曲折折的风雨沧桑路，我们看到的是网络文学的崛起和传统文学的式微。这种超乎想象的戏剧化景象，既令人惊叹也叫人疑惑。谁也不能肯定，眼前的这场所谓"逆天惊变"，究竟是时代长河中转瞬即逝的小浪花，还是历史潮流滚滚向前的大趋势。

---

① 《唐家三少联手云莱坞放出 4 部神级 IP，每部都可构建一个娱乐帝国》，2017 年 10 月 20 日，https://www.sohu.com/a/199177025_104421，2024 年 8 月 16 日。

二、天蚕土豆与《斗破苍穹》

天蚕土豆，原名李虎，1989 年 12 月出生于四川德阳，作为网络新生代写手代表人物的他，是起点中文网超高人气的白金写手。2008 年，他凭借首作《魔兽剑圣异界纵横》一举折桂新人王，跻身人气顶尖写手之列。2009 年更是凭借《斗破苍穹》1 亿 4000 万次的点击量加冕网络小说人气王，也因此奠定了他在网络原创界难以动摇的顶级人气写手地位。天蚕土豆在 2012 年网络作家富豪榜上以 1800 万元版税收入位居第一梯队。他的作品并不多，但部部都精彩，主要有《斗破苍穹》《武动乾坤》《魔兽剑圣异界纵横》《大主宰》等。[①]2014 年 1 月，浙江网络文学作家协会成立时，天蚕土豆和流潋紫、曹三公子、烽火戏诸侯、蒋胜男等一同当选为网协副主席。天蚕土豆坦言，他开始写作时，只是心血来潮，写着好玩，没想到居然会有粉丝喜欢。据说，"天蚕土豆"这个笔名，源自其家乡四川德阳一款小吃的名字。

四川德阳是一个地级市，天蚕土豆的父母都是生意人，他有一个哥哥。作为弟弟的他，上学时并不像哥哥那样爱学习，不喜欢写作文，甚至高中没读完就辍学了，而且整日在

---

① 见搜狗百科"天蚕土豆"词条，http://baike.sogou.com/v5260077.htm，2024 年 8 月 16 日。

网上看小说、打游戏，几乎成了父母眼中的问题少年。沉浸在网络世界里的年轻人有着天马行空的想象，偶然心血来潮就开始书写自己的故事。1989 年 12 月出生的天蚕土豆也算得上是准"90 后"，凭着一腔青春热血和丰富的想象力，在起点中文网写下了自己的第一部作品《魔兽剑圣异界纵横》，并获得了比其他工作还好的收入，家人对他的职业给予一定的认可，而他也因此走上了网文作者这条职业之路。很多人都能在天蚕土豆身上找到自己的影子，却不是每个人都能幸运地达到这样的高度。

天蚕土豆的首作《魔兽剑圣异界纵横》从 2007 年开始在起点中文网连载。这是一部属于异世大陆的小说，讲述的是少年刘枫穿越到一个魔法与斗气并存的世界，初来乍到的他，凭着拼搏与不断进取的精神，成为黑袍剑圣。他一次次深入险境，凭着智慧与各方势力斗争。这部书起初的写作手法还有些稚嫩，但作者把大家了然于心的升级体系和异界体系结合在一起，为主角创造了广阔的升级空间和发挥余地。《魔兽剑圣异界纵横》从开头到结尾，架构、文笔、节奏等方面都有明显的进步。

第二部作品《斗破苍穹》是带有穿越元素的玄幻类小说，是天蚕土豆的巅峰作和代表作。这部小说从发布起，就稳居各类小说排行榜第一位；发布当年进入了百度搜索关键词前十名；作为中国移动手机阅读排行榜第一名的作品，点击量突破了 30 亿次。该书纸质版由湖北少年儿童出版社出版，随后又由湖北知音动漫有限公司改编为漫画出版；2013年，它被制成了网络游戏。这本书讲述了天才少年萧炎由弱变强的修炼之路。穿越到斗气大陆加玛帝国的萧炎，在创造了家族空前绝后的修炼纪录后，突然成了废人。整整三年时间，他被家族冷遇，被旁人轻视，被未婚妻退婚……种种打击接踵而至。然而，就在他即将崩溃的时候，一缕幽魂从他手上的戒指里浮现，一扇全新的大门在他面前开启。从修炼游历、战胜强敌到建功立业、收获爱情，萧炎的外在实力逐步提升，灵魂修为亦不断增长。围绕着萧炎的成长主线，作者实际上揭示了"强者为尊"的主题。强力意志源于生命亦归于生命，它既是衡量人生的最高价值尺度，又可作为强者拥有话语权、决定权与统治权的理论依据。这一观念在《斗破苍穹》中得到了充分的展现。[①] 有网友这样评价："本书结构严谨，冲突不断，情节跌宕起伏，高潮迭起，引人入胜，使人看起来废寝忘食；面对困难不退缩的萧炎，为读者树起了一面积极向上的旗帜。"

《武动乾坤》是天蚕土豆的第三部力作。2011 年一经发布，它就创造了起点小说"正文零字数，点击过百万"的纪录，并席卷了起点各大榜单。历经近两年连载，它受到了读

①　曾繁亭等：《网络文学名篇100》，中央编译出版社 2014 年版，第 200 页。

者的持续追捧，已出版成书，其 IP 改编的影视、漫画、游戏等皆获得可观实绩。《武动乾坤》讲述的是一个落魄弟子发奋图强而逆袭成功的故事。主人公林动是大炎王朝天都郡炎城青阳镇的林氏子弟，因其在山洞间偶然捡到一块神秘的石符，从此走上了逢凶化吉、遇难成祥的传奇人生之路。

《斗破苍穹》和《武动乾坤》这两部小说都是天蚕土豆的重要代表作，有着超高的人气和影响力，受到众多书友的好评。但与此同时，也有一些质疑的声音。有学者说，两本书的剧情都高潮迭起，相差不远，都是天蚕土豆一贯的升级模式：遇险，化险为夷，奇遇，变强，达到目的。并认为天蚕土豆的小说不仅构架、人物关系、剧情发展和战斗模式都很简单，而且破绽百出：武力就能解决所有问题；天蚕土豆的小说世界似乎与政治、经济、文化无关，小说的主要卖点是那些令"脑残粉"迷恋的情节，是实至名归的"小白文"，以毫不出彩的文笔，带读者进入了一个简单、情节起伏跌宕、令人眼花缭乱的世界，征服了众多读者。[1]学者曾繁亭甚至感慨：显然，《斗破苍穹》与《武动乾坤》的情节有着极大的相似性，同为名噪一时的网络小说巨作，作者这样的处理令读者很失望，在很大程度上也是网络文学和网络时代的悲哀。

天蚕土豆因更新小说的速度较慢，而被网友戏称为"拖

---

① 聂庆璞等：《网络写手名家 100》，中央编译出版社 2014 年版，第 287 页。

豆""拖神"等。也许有人会说，时间是质量的保证。但在这个"慢品"难敌"快餐"的网络小说市场里，天蚕土豆在放慢生活节奏的同时，也该不忘解读者急切的"看小说之渴"。当然，天蚕土豆取得如此之成就，是与其自身的认真和努力分不开的。他曾说过："在一个架空的世界中，随意构造自己所喜欢的东西，那种成就感无与伦比，直到现在，我最喜欢的，依旧是玄幻。"[①] 自身的兴趣使天蚕土豆的写作有了无限的可能，这也造就了他的小说以精彩的伏笔、紧凑的结构、奇巧的构思、瑰丽的想象而为人称道。天蚕土豆在起点中文网连载的第四部作品《大主宰》登上 2016 中国泛娱乐指数盛典"中国 IP 价值榜－网络文学榜 top10"，这说明天蚕土豆的作品是深受读者喜爱的。只要敢于接受批评和改正不足，提高更新速度，不断在作品中注入新鲜的创新血液，相信天蚕土豆会取得更大的成功。

三、骁骑校与《铁器时代》

骁骑校，男，原名刘晔，1977 年出生于江苏徐州，电力自动化工程师，现为江苏省作家协会会员，中文在线签约作

① 陈淡宁、王湛、包敏捷等：《是什么，让他们的写作有无限可能》，《钱江晚报》2014 年 4 月 27 日，B0003 版。

家（17K 小说网"大神"级作家），担任过第一届网络文学联赛导师，曾参加鲁迅文学院培训学习，其间被室友戏称为"校长"。自 2007 年以来，他先后写作了《铁器时代》《武林帝国》《橙红年代》《国士无双》《春秋故宅》等作品。其中，《铁器时代》和《橙红年代》尤为受读者喜爱。《铁器时代》在连载时多次获 17K 小说网全站订阅第一名；《橙红年代》连载时曾登上点击榜首位，是网络上第一本点击量过亿次的都市小说，获第四届中国数字出版博览会优秀作品奖、第三届茅盾文学新人奖·网络文学奖和"最佳人气作品奖"。而之后的作品《匹夫的逆袭》等，也有不错的战绩。骁骑校本人还获得 17K 小说网 2011 年度"最具商业价值奖"，10 多年来共发表作品超千万字，在读者中享有很高的赞誉。

　　与众多天才、怪才相比，骁骑校能取得如此佳绩，更多地源自他的勤奋刻苦。他 18 岁就踏入社会，工农兵学商除了当兵外，其他皆有历练，陆续做过包装工、售货员、建筑工人，还做过会计，开过公司。出身教育世家的他，在工作之余不忘继续进修，相继获得会计和法学的学位及会计师、工程师职称。想成为一名大侠，光有江湖上的历练还不够，必须有坚实的基础。骁骑校童年时期就爱读名著，初中、高中时期阅读了国内大量的期刊，这为他的写作打下了坚实的基础。骁骑校算得上一个资深军迷，喜欢收藏各类军事刊物及资料。为了写好作品，他每天都上网阅读，以网络小说和军事期刊为主。他也曾小试牛刀，于 2002 年在"铁血军事网"发表架空历史"军文"《雪原奇兵》。因有着丰富的阅历，将经历和感悟写下来便成了他创作《铁器时代》的写作动机。2007 年 8 月，带着"《铁器时代》是废品"评语的骁骑校从起点中文网转到 17K 小说网。当时《铁器时代》虽被编辑签约，但并没有上新书榜和点击榜，骁骑校没有放弃而是继续更新，也正是这些努力，才造就了《铁器时代》的傲人成绩。[①]

《铁器时代》这本架空历史穿越小说，讲述了主人公刘子光穿越到清廷残明南北割据时期，从奴隶成为角斗士，再成为强大的资产阶级武装部队将军、佣兵集团首领的传奇故事。壮观的炼铁厂、烧木炭的火车、头戴栗色武松帽的伞兵等等，这是铁器的时代、启蒙的时代。《铁器时代》在上架之初，当月单章订阅数就超过了 1000 次，成为上架新书中的佼佼者，并几度冲击 17K 分成订阅榜榜首。在众多历史架空类小说中，《铁器时代》能够脱颖而出，与其情节的合理展开及内容的专业描述是分不开的。主角刘子光穿越成为一个社会最底层的奴隶。故事情节由此展开，主角饱受欺凌后奋起反抗，最终成为铁厂老大，取得领导地位后靠利益领兵

---

① 血酬：《〈铁器时代〉作者骁骑校访谈录，有照片哟!》，2009 年 1 月 12 日，http://www.17k.com/chapter/22674/1592931.html，2024 年 8 月 16 日。

驭将。这样的情节设置合情合理，又贴近现实生活，之后的情节虽是天马行空，但都在情理之中。有网友评价说："构思巧妙、情节曲折、人物刻画细致深刻、气氛渲染恰如其分，是一部不可多得的好书。"[①] 的确如此，小说中对古代军事编制、军事谋略的运用等细节，都凸显了骁骑校深厚的军史功底和超群的想象力。同时，小说对人物的刻画也是有血有肉，值得称道。

骁骑校无疑是一个铁杆军迷，所以前期作品题材也以军史为主，其历史知识丰富，对各种历史人物和事件信手拈来，使得作品历史气息较为浓厚。但骁骑校并不满足于单一类型的创作，开始勇于尝试都市题材。在网文界，由军史转向都市题材的"扑街写手"比比皆是，但骁骑校却凭借《橙红年代》成功转型，并一发而不可收。

《橙红年代》是一部都市青春励志小说，算是骁骑校的巅峰之作。这部反映都市草根阶层奋斗史的小说一经推出，即受到广大读者的狂热追捧，成为当年网络文学的扛鼎之作，并于 2011 年出版成书。故事主人公依旧是《铁器时代》的穿越者刘子光，八年前，他是畏罪逃亡的烤肠小贩，八年后，他从历史中走来，面对的却依然是家徒四壁、父母下岗

---

① 见 17K 小说网《铁器时代》评论区，2014 年 8 月 15 日，http://www.17k.com/book/22674.html，2024 年 8 月 16 日。

的凄凉景象。空有一身过人本领的他，只能从底层的物业保安做起，凭着一腔热血与铮铮铁骨，奋斗在这轰轰烈烈的橙红年代。这不是一部单纯的都市幻想小说，它更像一部下层人民奋斗的血泪史，以主人公的视角，描述了社会底层弱势群体的生活态势和矛盾冲突，以及边缘青年的彷徨迷茫、自强不息，最终成为社会栋梁的故事，具有现实批判意义和催人奋进的作用。

名为"胖雄"的网友高度评价了这本书，认为这是难得一见的好书，书中情节跌宕起伏，完美融合了现代社会元素。还有读者称赞说这"是一个时代长卷的真实写照"。正所谓一粒沙里看世界，长达677章的《橙红年代》也多角度、多侧面地反映了我们所生活的这个时代。《橙红年代》无论是传递的励志正能量，还是融合现代元素对生活的贴近，都极大地触动了读者的心灵，容易引起共鸣，从而受到广大读者的火热追捧。

其实，每部作品都会倾注作者的某种情感，这是保持小说创作者个性的必然。但如果拿捏不当，就纯属滥情了。很多都市小说就是这样，漫无逻辑的情感堆砌，犹如上演一幕幕狗血剧。骁骑校的作品既给读者带来了情感上的愉悦，又成功地避免了这样的滥情，这得益于作者丰富的阅历、细致的观察力和更深刻的思考能力。这就是骁骑校带给我们这个时代的价值。

第二节
我吃西红柿、耳根、横扫天涯

网络写作者数以千万计，这个群体如此巨大，以至于任何统计和调研数据都令人将信将疑。即便是对"大神"级作家的调研数据，也一直处在不断变化的过程之中，因此，任何有关网络作家的评介都难免挂一漏万。这里挑选的三位都是海内外知名的"大神"级作家，虽是管窥蠡测，却仍希望我们浮光掠影的评介，对读者了解网络文学概貌具有些许参考意义。

一、我吃西红柿与《星辰变》

我吃西红柿，又名番茄，原名朱洪志。1987 年，朱洪志出生于江苏宝应，2009 年肄业于苏州大学数学系，是起点中文网的白金作家，有着"起点大神之光"的称号，也是中国网络作家富豪榜上当红的作家。他的小说因通俗易懂、想象奇特、敢于创新，为众多读者喜爱，多次在起点中文网的一些排行榜上占据榜首。《盘龙》是番茄第一部登上百度热门搜索 Top50 榜首的网络小说，在 13 个月内创造了 8000 万次点击量和 50 万次收藏量的惊人战绩。番茄的主要作品有《星峰传说》《寸芒》《洪荒之子》《星辰变》《盘龙》《九鼎记》《吞噬星空》《莽荒纪》等，其中《星辰变》被认为是他的代表作。

据番茄自己介绍，他自幼就对武侠小说有着浓厚的兴趣，迷人的武侠小说常使他废寝忘食。其中，金庸、古龙、卧龙生三位大师的作品，他更是推崇备至。只要稍有空闲，他就会想方设法寻找武侠书籍。天长日久，他最喜爱的武侠小说"这盘葡萄"中的上品、中品都被他读遍了，他渐渐开始对某些粗制滥造的武侠小说"烂葡萄"感到不满了，尤其是对某些小说里主人公的性格和命运感到失望。于是，番茄决定亲自栽种自己的"葡萄"。就这样，番茄在读高二时，便创作了自己的首作《星峰传说》。高中的写作经验，使他树立了信心。在大学两年多的时间内，他居然发表了 600 多万字的网络小说，这种每种必收的成功经验，使他体会到了"葡萄"转身变"美酒"的快慰。在大三期间，他也实现了由普通学生到网文"大神"的华丽转身。

在不少写手唯恐断更的背景下，番茄以舍我其谁的英雄气概和不胜不休的亮剑精神，一次次斩关夺隘，几乎是顺风顺水地闯过了"千万字"大关。他的作品阅读人数众多，而他是能在起点中文网排名前列的为数不多的作者之一，常名列第一。尤其是《星辰变》《盘龙》等作品完结后，在网络小说界涌现了大量的后传与跟风之作，从而由盛大文学引起了一系列官司。网传有"小说不读《星辰变》，就称书虫也枉然"的美誉，体现了"网文之王者"不可动摇的地位。[①]

番茄的小说并不是纯粹的武侠，而是将"武侠"演绎为"仙侠"，是一种追求人的内在修为并改变人的内在结构，超越物质限制的幻想类修真小说。他的《星辰变》《九鼎记》等都是这类作品。事实上，在番茄早期的作品中，如《星峰传说》《寸芒》等，倾心于修真的特点就已有端倪可察。同时，番茄的仙侠修真小说还是一种带有西方魔幻色彩的新仙侠小说，他喜欢参照西方的传说构建神魔世界，参照现代宇宙理论构建星空战界。如《盘龙》《吞噬星空》《莽荒纪》等，皆有其宏大无边的幻想空间。[②]

《星辰变》是一部背景宏阔的奇幻修真小说。主角秦羽是王爷的三世子，天生无法修炼内功，为了得到父亲的关注，他毅然选择了修炼痛苦艰难的外功。风吹日晒，严寒酷暑，无论多么艰辛，他都锲而不舍，学会了一些小武功。而真正改变其命运的是，他在无意中得到的一颗流星化作的神秘晶石——流星泪。在这块奇石的帮助下，秦羽犹如破茧化

---

① 见百度百科"朱洪志"词条，https://baike.baidu.com/item/%E6%9C%B1%E6%B4%AA%E5%BF%97/4622656?fromtitle=%E6%88%91%E5%90%83%E8%A5%BF%E7%BA%A2%E6%9F%BF&fromid=4423801&fromModule=lemma_search-box，2024 年 8 月 16 日。
② 聂庆璞等：《网络写手名家 100》，中央编译出版社 2014 年版，第 261 页。

蝶一般蜕变，逐渐成长，并结识了生死兄弟侯费和黑羽。经历各种奇遇后，秦羽成了潜龙大陆最高位的上仙，却得知所谓上仙只是最普通的修真者。为了追求更高境界，他毅然离开家乡，流寓海外，经历种种磨难，最终成了凌驾于天尊之上的存在——鸿蒙宇宙掌控者。

《星辰变》这部小说打破了起点中文网的收藏、点击、订阅等多项纪录，可谓是真正奠定番茄起点第一作家地位之作。一位叫"逆流 SE"的网友在百度贴吧这样评价道："《星辰变》对人物心理刻画的功力极强，站在主人公的角度去描写，能让读者产生难以言表的代入感。"还有网友在豆瓣读书用"书中高潮不断，精彩连连""情节丰富，引人入胜"等词句来形容这部小说。[①]

《星辰变》作为修真类网络小说的代表作，具有鲜明的语言特色和符合市场需求的创作理念。刘汉森曾对《星辰变》进行过专门研究，他认为这部小说取得巨大成功主要与以下几个方面的因素有关：第一，语言平白朴实，即所谓网络小白文，语言直白，文笔普通，情节简单且发展明快，角色人物相对脸谱化。第二，在内容结构的安排上，时间和空间的跨越之大，可以说是独具匠心。《星辰变》遵循了修真

---

① 见夜＋对《星辰变 4》的豆瓣读书评论"很好，很强大"，2011 年 4 月 9 日，
http://book.douban.com/review/4900085/，2024 年 8 月 16 日。

类小说的通用模式，但它也突破了修真类小说的原有束缚，在通用模式上有所创新，其中最突出的是创造了神魔和宇宙掌控者的形象。在常见的修真类小说将世界划分为凡人世界、修真世界、第三方世界之外，又创新性地加入了一个神界，并开创了修真小说"升级换地图"的新模式。

除此之外，在情节安排上，网状放射式的线索使得情节的发展看似错综复杂，但实际上井然有序。在思想情感上，小说可谓中规中矩，励志图强，歌颂了人性中的美好。总之，语言的表达方式、情节的推进演化、思想的传递等各个方面的一些创新，使得《星辰变》超越了以往的修真类小说，成了修真类小说的巅峰之作。《星辰变》的成功模式，不仅向我们揭示了网络小说的创作模式和本质，同时也说明，无论何种文学创作模式，打破常规，敢于创新才是获得成功的最关键因素。[①]

进入起点中文网"《星辰变》之荣誉殿堂"，我们会发现这样一组数据：总点击49795377次；总推荐6707084次；总字数2852520字。这组数据的发布日期是2014年9月15日。近5000万次的点击量是一个令人振奋的数字，难怪游戏公司和影视公司都会密切关注这部小说。

① 聂庆璞等:《网络小说名篇解读》, 中国社会科学出版社2011年版, 第219—227页。

《盘龙》又名《世界架构师》，是番茄的又一部力作，是一部具有超高人气的玄幻类小说。2008 年《盘龙》以丰富的想象力及略显稚嫩的文笔创造了网络文学的点击神话，总点击量超过一亿次。这本书讲述了拥有"盘龙戒指"的龙血战士后代林雷成长历程的励志故事。大陆上传说中的四大终极战士之一的"龙血战士"已经千年没有再出现，而唯一有着龙血战士血脉的巴克鲁家族也江河日下，成了一个小镇上的普通贵族。而这个家族中的继承人——年仅八岁的小林雷，在踏入已布满灰尘的祖屋之时，却无意中得到一枚看似极为普通的戒指——盘龙戒指，戒指内藏有圣域强者德林科沃特的灵魂。此后，在这位德林爷爷的引导下，林雷开始修炼魔法并苦练武技，在喝了脊背铁甲龙的血之后实力日渐强大。从下位神一直修炼到中位神，再成为上位神，最后灵魂变异，炼化出四枚主神格，成为超越宇宙的存在，变成了鸿蒙宇宙的第二掌控者——林蒙。也就是说，《盘龙》是《星辰变》的前传，林雷就是《星辰变》中飘羽天尊的师尊林蒙。[①]

《盘龙》这部小说的亮点仍是创新，应了"不走寻常路"这句俗话。不少人认为该书在结构、人物、世界的设置上与唐家三少的《狂神》有相似之处，仅是情节、剧情、高潮有

①　曾繁亭等：《网络文学名篇 100》，中央编译出版社 2014 年版，第 206—208 页。

所不同。[1] 作品展现出作者丰富的想象力，但语言上依旧是小白文的风格。

《莽荒纪》是番茄集大成的一部仙侠奇幻文，以人族少年纪宁为了生存及守护所爱之人而不断刻苦修炼、奋斗自强为线索，为读者展现了一个庞大而壮丽的奇异世界。这部作品自上传就取得了骄人的成绩，得到了广大读者的好评。这是一部有别于传统修仙小说的作品。它不只是一个主角的奋斗史，更是一个群体的抗争史，属于英雄的史诗。行文大气流畅、情节多变、人物性格丰满，实为一篇不可多得的仙侠奇幻佳作！

番茄绝对算得上网络文学中的"大神"级写手，每个月能完成约 30 万字的小说更新，已出版 10 多部巨著，多部作品一次又一次刷新起点中文网的纪录，并被改编为网络游戏、电影等。能取得如此成绩，与小说的语言浅白易懂、情节紧凑、场面恢宏、想象奇特、人物多而不杂、不断创新等容易俘获读者的因素密不可分。

番茄"小白文"的写作风格受到了不少读者的厚爱，但也遭到了一定的质疑，"《星辰变》因为语言浅白、情节粗糙、故事重复、细节雷同、人物僵硬而成为'小白文'的代

---

① 聂庆璞等：《网络写手名家 100》，中央编译出版社 2014 年版，第 263 页。

表作"①。在这样的情况下，不断创新，不走固有套路，既保持写作速度又保证作品质量，用心写好每一个故事，无疑是番茄未来要走的路。

二、耳根与《一念永恒》

在起点中文网站为"大神"级作家发布的"名片"中，耳根拥有三顶熠熠生辉的"桂冠"：（1）阅文集团白金作家；（2）网络文学代表性人物之一；（3）中国作协第九届全委会委员。同时拥有这三个头衔的"网文大神"屈指可数。作为起点中文网的白金作家，耳根喜爱中国古典神话故事，并以此为基础，创作了大量富有中国传统文化特色、为广大读者喜闻乐见的网络小说，其主要作品《仙逆》《一念永恒》等受到了海内外数以千万计读者的喜爱。不少铁杆粉丝对其叙事才华钦佩之至，对其作品更是倍加珍爱。耳根创作的多部长篇小说，几乎一直在起点中文网"仙侠类"小说月票榜中占据着显赫位置。如今，他已成为当代"仙侠类"网络小说的一面重要旗帜。

创作《一念永恒》时，耳根已有 1000 多万字的"修仙

---

① 黄发有：《释放网络文学新的可能性（网络文学再认识）》，《人民日报》2014 年 7 月 4 日，第 24 版。

经验"，因此，他深感自己有责任为仙侠小说创作开辟一条新的道路。当有人问及他的仙侠小说与传统仙侠小说有何不同时，他回答说，仙侠小说的重点不在于仙，而在于侠。他说自己"一直不敢去写侠，怕写不好"。这种谦虚的说法，实际上也体现了他对"写侠"的谨慎和认真。他在向媒体介绍《一念永恒》时宣称，这本书想表达的是"勇气"，讲述了一个"怕死胆小"的人在爆发出"勇气"之后的故事。

2016 年 4 月 27 日，湖北互联网文学高峰论坛暨 IP 交易会在武汉举行。阅文集团携旗下作家亮相交易会，耳根的《一念永恒》IP 影视版权以 1000 万元在武汉成交，这对于耳根来说，应该是一件具有里程碑意义的大事。对于媒体来说，当时的《一念永恒》还只能算是作者的"一念"而已，虽然作者宣称已有几万字的成稿，但毕竟当时尚未在网上连载。根据起点中文网记载，《一念永恒》第一章《他叫白小纯》的 3059 字发布时间为 2016 年 4 月 28 日，也就是说，"千万 IP"成交于"开书"之前！虽然这也许在网络文学界不足为奇，但下面要"爆料"的，或许才是耳根"成神之路"上真正的里程碑。

2017 年 1 月 10 日，2016 年度福布斯·中国原创文学风云榜揭晓，耳根凭借《一念永恒》再度摘星，探花及第。《一念永恒》的上榜评语为："短时间内，打破纪录的仙侠大作，通吃各大平台渠道的经典巨著。"2018 年 5 月，第三届"橙瓜网络文学奖"评选中，《一念永恒》获年度百强作品奖。

耳根作品众多，他塑造的人物形象数以千计，在众多人物中，最受欢迎的似乎是王林，毕竟耳根最初两本书的主人公都叫王林。至于苏铭、孟浩，不用说，他们也都是拥有万千粉丝的天神般的人物。但当有人问耳根"如果进入自己书中，最想成为哪个人物"时，耳根却毫不迟疑地回答说："白小纯！"

白小纯是《一念永恒》中的主人公，他出场时，是个白白净净、身着青衫的少年，一脸乖巧，人畜无害的样子。因年幼便父母双亡，所以他热心追求长生。尽管平时吊儿郎当、贪生怕死、内心腹黑，但当道友遇到生命危险时，他却能舍生忘死，奋力营救。众所周知，作为仙侠主角，天资与战力是其立身之本。白小纯显然不是那种天赋异禀的奇才，但耳根也未按照惯常套路把他写成废材，他能修得异乎寻常的战力，深得"凡修"中道之意趣。

作者对于白小纯"战力"的描述简明扼要：在天道元婴圆满期碾压三位凡品天人；成天人后，凭借战力斩杀两位凡品天人，重伤三位地品天人；在世界法宝内吸收鬼脸生机，达到肉身半神境界，恢复力逆天，敢与星空道极宗老祖一战；半神初期，同级境内罕有其匹；后因欲炼长生丹，完成守陵人最终计划，修成不死卷和长生卷，修为达到准天尊境界，可与天尊初期一战；在圣皇朝成就天尊之位后，通过宝扇太古之光和不灭主宰拳可与太古一战；凭借仙界最后一丝气运晋升太古境界，继承时间主宰之道，可施本源道法引杀之术、召唤太古奴、一念点亮宇宙，成为主宰，抗衡逆凡，最终领悟永恒本源，战胜逆凡，重造万物生机，引导众生领悟永恒并进入时光长河。

将这部300多万字的小说压缩为不到300字的概要，没有读过原作的读者或许会感到一头雾水，但这不要紧，下文还有关于白小纯"光辉业绩及战斗一生"的详细记述。其实，修仙故事再多，核心公式只有一个，即"从奴隶到将军"，过程都是"苦斗"，万变不离其宗。

必须强调的是，白小纯并非那种光芒万丈的天才人物，也不是那种自带流量的克里斯玛。但作为全书的核心，他的名字在书中前后出现了4万多次，也就是说，光是"白小纯"这三个字在书中的字数就超过了12万字，这还不算众多其他称号（如小乌龟、掌门师弟、夜葬、逆河宗少祖等近20个身份）。如果按照传统文学的标准看，仅仅主人公的名字就与一部长篇小说的字数不相上下了。仅此一点就不难看出，书中其他人物，无论多么优秀，也只能充当白小纯的配角或陪练。但是，书中形形色色的配角或陪练，并没有因为"不在C位"就缺少仙侠人物应有的光彩。恰恰相反，书中数以百计的"金人玉佛""牛鬼蛇神"，虽不能说个个精彩绝伦，但确实个个都不乏可圈可点之处。《一念永恒》所描绘的这个"众神狂欢"的"群英谱"，气象万千，波澜壮阔，令人浮想联翩，不胜神往。

耳根笔下这个人神相通的世界是一个极为复杂的体系。就其荦荦大端而言，这个世界可以划分为几个不同系列，其中"三朝四宗"最为有趣。所谓"三朝"，即"邪皇朝""圣皇朝"和"魁皇朝"。在"三朝"中，白小纯与通天世界修士建立的"魁皇朝"是小说主要人物的中心舞台，而"邪皇朝"与"圣皇朝"只是作为陪衬或背景存在。所谓"四宗"，即东脉下游四大州的四个最强宗门——"血溪宗""丹溪宗""玄溪宗"和"灵溪宗"。四大宗门中的三教九流各有各的归属，例如白小纯虽然是一向不局限于宗门的活跃分子，但领他由凡入仙的灵溪宗始终牢牢地占据着他心目中最神圣的位置。

《一念永恒》中的升级体系有诸多创新之处，总体上说是对既有体系的重写或改编。仙侠小说作为一种相对固化的小说类型，有一些广为书迷所熟知的升级体系，包括凝气、筑基、结丹、元婴、化神等阶段。《一念永恒》仍旧沿用这样的架构。第一步仍然是"凝气"，这个级别分为十层，一层最低，十层最高。白小纯的成长模式和故事套路，几乎都已经在这里预演了一次。

关于《一念永恒》的书名，有人说，是指白小纯追寻最高境界即所谓"永恒灵界"的"一念永恒";也有人说,是指白小纯追求长生的"一念永恒"。孰是孰非,应由读者自行判断。但有些读者喜欢较真,譬如,白小纯是"仙"是"鬼"?有些书友一定要"耳大"表态。但对于这类问题,作者常常笑而不语,听任读者"各以其情而自得"。

有人说白小纯是"仙",因为他的性格、修行、造化、际遇等都很符合"仙"的设定。这个结论的证据在书中可谓俯拾即是,于此无须多言。但也有人说白小纯是"鬼",理由也很充分:先说通天世界阶段,白小纯从小就很怕鬼,李青候的那炷香,他点了又灭,灭了又点,因害怕被雷击,差点失去了修仙机会;进入灵溪宗后,他学会了炼丹,但每次炼丹都会"闹鬼",鬼事接二连三;在蛮荒学会炼魂,成为最厉害的炼魂师;更有趣的是,他唯一的弟子也是个鬼魂,后来还成了冥皇。再说永恒世界,他和鬼母关系暧昧,目测会进入后宫;重建魁皇朝,成为新魁皇,"魁"者,"斗鬼"也;星空遇见的纸婆婆,神出鬼没,非鬼而何?至于常伴其左右的一群歌姬女鬼,几乎就是鬼主的标配。终日与鬼相伴,白小纯不做鬼,伙伴们也不会答应。最后,看看耳根对"鬼"的设定:一心求仙,无奈化鬼,一念成仙,一念变鬼。耳根的作品基本都会有虐主情节,而《一念永恒》自始至终似乎都很欢快,白小纯顺风顺水,一心追求永恒,得了仙界最后一丝气运,因此白小纯最终难免受虐并一念化

"鬼"。这些"鬼话连篇"的推论似也不无道理。这种"似仙非仙""似鬼非鬼"的神奇设定，给读者留下了无限的想象空间，或许"一念永恒"的魅力正在此"似与不似之间"。

三、横扫天涯与《天道图书馆》

网络小说中的"金手指"，一般是指网络幻想类小说中展示"神迹"的"道具"的统称。在读者和网络文学评论家眼里，凡是主角拥有的"稀罕物"或得到的"神助攻"皆可称为"金手指"。"金手指"的出现，意在打破叙事逻辑链条的束缚，使濒临绝境的主角能够化险为夷或反败为胜。在玄幻小说中，众多出人意料的戏剧性情节、大反转场面，主要是拜"金手指"所操控的"叙事突转"模式所赐。网络小说中的"金手指"层出不穷，如法宝、系统、导师、天生异能等，可谓花样百出。在横扫天涯的《天道图书馆》中，所谓"金手指"是隐藏于主人公张悬脑海里的图书馆，这里姑且以"金手指"作引子，对横扫天涯的这部小说谈点粗浅看法，以求教于作者和读者诸君。

《天道图书馆》是阅文集团作家横扫天涯的原创作品，首发并独家签约于起点中文网，讲述了张悬穿越异界成为名师，脑海中出现神秘图书馆，并借此叱咤风云的故事。张悬穿越异界，初为人师，心中茫然，因而遭受白眼与奚落。幸得"天道图书馆"的帮助，不管他遇到什么人，对方心中所思所想，以及过往所言所行，"书"中皆有详细记录。于是，对学院与教学一无所知的张悬摇身一变，成了一位无所不知的"名师中的名师"。小说通过鲜活的人物群像和生动的故事情节，演绎了这样一个历久弥新的理念——知识就是力量，信息决定成败！

作者横扫天涯，原名杨汉亮，"80 后"网络作家，自称老涯，在青海德令哈市从事教学工作多年。他勤奋创作，一日数更，曾创下一日百更的纪录，号称"百更帝"。他的作品多是仙侠、玄幻类小说，如《拳皇异界纵横》（2009—2010）、《八神庵》（2010—2011）、《诸天》（2011—2013）、《万界独尊》（2014）、《无尽丹田》（2013—2016）。《天道图书馆》也在玄幻之列，属于"异世大陆"故事。该书自 2017 年底在起点中文网首发。同期还有成都时代出版社等出版的多个纸质书版本。《天道图书馆》曾在起点国际占据过"点击""推荐""收藏""畅销"四榜榜首，已被翻译为英语、德语、法语、土耳其语、越南语等多种文字，有声书阅读量已超过 3500 万次。在 2018 年 1 月 28 日举办的阅文超级 IP 风云盛典暨第三届中国原创文学风云榜盛典上，《天道图书馆》登上了"年度原创风云榜·男生作品"第四名，并成为"年度受海外欢迎 IP"；2018 年 5 月，《天道图书馆》以橙瓜评分 7.6 分的优异成绩入选第三届"橙瓜网络文学奖"百强作品，2019 年又入选第四届"橙瓜网络文学奖"百强作品。

如此骄人的成绩，必有骄人的"硬梗"。该书的"硬梗"就是作为"金手指"的"天道图书馆"。书中一切传奇皆与此梗有关。主人公张悬，原地球图书管理员，因遭遇大火，魂穿名师大陆，成为洪天学院的一名废柴教师。他得天道图书馆的帮助，凭借超常洞察力走出了一条名师之路。张悬最初只是为了不被开除而招学生入门，后渐渐真心为学生付出，以高明的教学能力和至诚的态度赢得了学院师生的尊重。他参加师者评测、考核名师、援救学生、被封天认圣者、领悟明理之眼、孤身闯名师堂、一言喝退千军万马、用九天莲胎塑造不死分身、担任名师学院院长、对抗名师堂、追查自身身世……张悬一路走来，每每濒临绝境，总能化险为夷，凭着"金手指"无往不胜的力量，他终立于名师大陆顶端。在人族生死存亡之际，他孤身打入异灵族内部，竟然歼敌十万大军，不仅化解了人族危机，还让弟子当上了异灵族皇，彻底解决了异灵族隐患。此后追随孔师周游世界，穿越封印，抵达上苍，成为四大宗宗主，消灭孔师的恶念分身，晋级神灵，获得九天封王后，归还图书馆于天道，并突破帝君桎梏，最终登上了修炼者的巅峰。张悬所成就的这段传奇，全得益于天道图书馆的知识与信息。

书中另一个"趣梗"是"天道之册"，只有收到学生真心的感激之情才可获得。这本金色书籍可以作为秒杀级别的武器，能够封印任何级别的敌人，但它有时间限制，且不可回收。金色书页能够提升 5.0 的心境刻度，也可以用于将图书馆的内容直接灌注为大脑记忆。张悬无意中发现，其更拥有令血脉修炼者提升血脉的用处。书中这类"硬梗"，堪称玄幻小说中"金手指"元素中的翘楚。

就出身而言，张悬原本是所谓"九天莲胎"。在修行过程中，他分别获得了鸿远学院院长、圣子殿殿主等众多家族的族长，以及各种堂主、宗主等虚虚实实、奇奇怪怪的头衔。"前世的他，只是个图书管理员，过着两点一线的日子，平凡普通，平庸简单，继续干下去，也就只能拿着死工资，碌碌无为下去，到了这里不一样了，有了天道图书馆这个穿越大礼包，以后或许真能越走越远，越走越强，走出一个全新、绚烂多姿的人生！"[①] 当然，他也知道，想要成为真正的名师，还要多读书、多学习，知识量充足了，才能越走越远。

作为怀揣"名师梦"的修行者，张悬先后获得了一二十个"九星名师"的称号，如生命炼丹师、炼器师、驯兽师、

---

① 横扫天涯：《天道图书馆》第十二章《龙犀血脉》，2016 年 11 月 4 日，https://www.qidian.com/chapter/1004179514/341381684/，2024 年 8 月 16 日。

阵法师、医师、毒师、书画师、惊鸿师、魔音师、鉴宝师、天工师、启灵师、巫魂师等，令人眼花缭乱。至于他所掌握的各种技能，则更是五花八门、数不胜数，如天道伪装、天道毒功、天道剑法，以及流水剑诀、封禁真解、时间真解、空间真解、灵魂真解、言出法随……最终，他悟出天道并非永恒，唯感情超越一切，独创出"天若有情"功法。

女主角聂灵犀与张悬一见钟情，二人在火源城敞开心扉，于丘吾宫约定三生，后来终成眷属，结为夫妻。小公主洛七七受张悬指点炼丹术并喜欢上了对方，又因误会而与张悬订婚，后被拒。在张悬离开名师大陆后，洛七七凭借静空珠之力破界离去寻找对方，并最终与主角大婚。有人说，《天道图书馆》是一部老师写老师的修仙小说。师徒缘分虽非天定，但师徒不是亲人胜似亲人。张悬的亲传弟子众多，性格各异，如呆萌少女王颖、打赌赢来的学员刘扬、枪法奇才郑阳等，尤其是不可一世的大小姐赵雅，相关的故事、情节跌宕多姿，"包袱"设计精妙，洋溢着喜剧气氛，而路冲的故事则为小说增添了悲壮的复仇色彩。路冲为报灭族之仇，隐姓埋名，忍辱负重，在张悬的帮助下得以报仇雪恨。八弟子张九霄追随张悬的修行经历具有一定的典型意义。九霄是圣人门阀张家旁支子弟，起初对张悬有竞争之心，后彻底拜服，因张悬使用天道之册提升其血脉，又被张悬定为下一任张家家主。张九霄跟随张悬前往上苍进入神界之后，被云璃大帝带走培养，最终成就封号神王。作品中还有众多有趣的人物，无论是张悬的同校学生、同事、校友，还是竞争者或对手，都各有各的故事。如擅长惊鸿舞的鸿远学院学员胡天天，原本想设法好好教训一下张悬，结果却反被张悬收为学徒，后在张悬的帮助下和洛玄青等人修成正果，进入神界。

张悬的终极对手是异灵族的"狠人大帝"。"狠人"原本是数万年前的"绝世强者"，曾诈死于另一强者孔师刀下，身体四分五裂，部分心脏被张悬用天道之册收服，他多次为张悬化解危机，后陆陆续续暗中收集骸骨，在神界灵气潮汐到来之际，他趁机吸收神界天道力量，因而灵气大增，实力暴涨，于是他解除灵魂契约，轻松击败多位帝君，但最终还是被成功突破的张悬击杀。

任何广受关注的作品，都会引发相应的争议，既有不虞之誉，必有求全之毁。《天道图书馆》自然也不例外。批评与反批判主要表现在以下几个方面。

首先是关于"套路"产生审美疲劳而引起的论争。有人说该书缺乏创新之意，无非是"废材逆袭"的老套故事。"反反复复打脸，这种老掉牙的套路，实在让人腻味。"但也有粉丝为之辩解说："套路比较老，但是用得好！"譬如主角招生时，屡次被人冒犯，无可奈何之际，金手指突然开启，天道图书馆如"照妖镜"，将冒犯者的武功缺陷和盘托出，就连"命门"这种修炼者的绝密隐私也逃不过张悬的眼睛。"天道图书馆能够勘察一切缺陷，性格、行为上的也算。"①那些目中无人的冒犯者被狠狠打脸是多么痛快！这样的套路有何不可？"说该书反智，有毒，全是套路！言过其实了吧？网文不就是打脸吗？就好比这本书，再怎么愚蠢，都有一大票人捏着鼻子看，这本身就是一种成功。"

其次，是对主角形象的喜爱与厌恶之争。"这本书被称为毒草，据说看到的人都活不过五章。"也有人声称"读了几章就果断弃坑"。其中比较有代表性的言论是主人公心胸不够坦荡，性格不够淳朴，好忽悠，爱使诈，形象猥琐！但也有书友回敬说："果真如此，该书海量的粉丝数、追读人数、打赏数据又做何解释呢？看到这些动辄几百万的数据，我真的想说，如果这样也是毒草，我愿意做一个'毒王之王'。"还有人对书中不厌其烦的拜师情节甚为不满，认为毒师、丹师、画师、驯兽师等几乎都是重复！反批判者则认为，不能肤浅地反对重复，恰如其分的重复是一种艺术境界。

最后，该书在海内外大受追捧，很大程度上得益于其鲜活、通俗的语言风格，尤其是一些接地气的校园俚语，这些语言既有幽默感，又有表现力。当然，横扫天涯的局限性

---

① 横扫天涯：《天道图书馆》第十一章《求饶》，2016 年 11 月 4 日，https://www.qidian.com/chapter/1004179514/341369734/，2024 年 8 月 16 日。

也在于俚语、俗语过泛过滥。看看作品各章的标题就不难发现，网上众多吐槽张悬"太猥琐"的评语确非毫无道理。如第一章《骗子》、第二章《不要脸》、第十章《赖账》、第十八章《被坑了》、第十九章《嫁祸》、第一百四十一章《你是个畜生》……至于"打脸""暴打某某"之类近似于爆粗口的语言，书中触目皆是。过分追求口语化表达的爽快与劲爆，固然可能使其红火一时，但这类粗鄙的表达因缺少回味余地，很快就会令人生厌。毕竟，文学是语言的艺术，无论如何，作品的语言是不能与审美精神背道而驰的。

当然，金手指并非网络文学所独有，传统文学中的上帝之手、阿拉丁神灯、孙悟空的救命毫毛等当属其列。戏法人人会变，诀窍各有不同。《天道图书馆》这样一部别出心裁的作品获得"2017最火玄幻作品，海外点推双榜第一"等多种殊荣，可谓实至名归。它遭到众多言辞激烈的吐槽，也在情理之中。对于"最火"和"第一"这两个概念的内在含义，或许不同的人会有不同的理解，因此，横扫天涯的这部作品拥有看似超乎寻常的赞誉和不近情理的苛责并不奇怪。若细读作品，深究缘由，就会发现这样一个事实，无论是"不虞之誉"还是"求全之毁"，对于《天道图书馆》这样一部不可按常理揆度的作品来说，一切又都在情理之中。

如果从文学生产与消费的视角看，网络文学的生产者与客户群的体量之巨，史无前例，世所罕见！由于海量的作者和读者都如同无处不在的幽灵，难以捉摸，不可胜数，相比之下，处于生产与消费两端之间的文学作品或许是更为可靠的考察对象。因此，我们将业内人士和相关专家甄选和评审的两个"百部"优秀作品榜单，作为中国网络文学发展状况的"现场记录"收录于此，为网络文学生产与消费现场的高光时刻立此存照。这两个"百部榜单"分别是"国家图书馆典藏阅文首批百部佳作榜单"和"新时代十年百部中国网络文学作品榜单"。

一、国图典藏阅文首批百部佳作榜单

2020 年 8 月 31 日，国家图书馆与阅文集团共同召开"珍藏时代经典　悦享网络文学"发布会，宣布阅文集团首批 100 部优秀网络文学作品被典藏入馆。其中男频入选 69

本，女频入选 31 本。这些作品，既有根植于传统文化的佳作，也有反映时代精神的力作，它们深刻记录了时代记忆，展示了文学艺术的魅力和影响力。通过这些作品，我们可以更好地了解时代的发展和社会的变迁。

第一部分，男频作品：

（一）玄幻 17 本：1.《诡秘之主》（爱潜水的乌贼）；2.《武道宗师》（爱潜水的乌贼）；3.《斗破苍穹》（天蚕土豆）；4.《斗罗大陆》（唐家三少）；5.《大道朝天》（猫腻）；6.《武极天下》（蚕茧里的牛）；7.《圣墟》（辰东）；8.《天域苍穹》（风凌天下）；9.《太古神王》（净无痕）；10.《气冲星河》（犁天）；11.《光明纪元》（血红）；12.《巫神纪》（血红）；13.《牧神记》（宅猪）；14.《十州风云志》（知秋）；15.《全职法师》（乱）；16.《弑天刃》（小刀锋利）；17.《太上章》（徐公子胜治）。

（二）仙侠 9 本：18.《诛仙》（萧鼎）；19.《从前有座灵剑山》（国王陛下）；20.《不朽凡人》（鹅是老五）；21.《一念永恒》（耳根）；22.《斗战狂潮》（骷髅精灵）；23.《仙葫》（流浪的蛤蟆）；24.《凡人修仙传》（忘语）；25.《星辰变》（我吃西红柿）；26.《道君》（跃千愁）。

（三）历史 14 本：27.《庆余年》（猫腻）；28.《赘婿》（愤怒的香蕉）；29.《孺子帝》（冰临神下）；30.《朱门风流》（府天）；31.《宋时行》（庚新）；32.《唐砖》（子与

2）；33.《覆汉》（榴弹怕水）；34.《秦吏》（七月新番）；35.《官居一品》（三戒大师）；36.《医统江山》（石章鱼）；37.《明朝败家子》（上山打老虎额）；38.《大明望族》（雁九）；39.《上品寒士》（贼道三痴）；40.《贞观大闲人》（贼眉鼠眼）。

（四）科幻4本：41.《异常生物见闻录》（远瞳）；42.《死在火星上》（天瑞说符）；43.《修真四万年》（卧牛真人）；44.《地球纪元》（彩虹之门）。

（五）都市14本：45.《朝阳警事》（卓牧闲）；46.《重燃》（奥尔良烤鲟鱼堡）；47.《回到过去变成猫》（陈词懒调）；48.《神藏》（打眼）；49.《美食供应商》（会做菜的猫）；50.《宠物天王》（皆破）；51.《大国重工》（齐橙）；52.《材料帝国》（齐橙）；53.《修真聊天群》（圣骑士的传说）；54.《天启之门》（跳舞）；55.《相声大师》（唐四方）；56.《手术直播间》（真熊初墨）；57.《大医凌然》（志鸟村）；58.《第一序列》（会说话的肘子）。

（六）悬疑4本：59.《鬼吹灯》（天下霸唱）；60.《盗墓笔记》（南派三叔）；61.《黎明医生》（机器人瓦力）；62.《深夜书屋》（纯洁滴小龙）。

（七）奇幻2本：63.《盘龙》（我吃西红柿）；64.《放开那个女巫》（二目）。

（八）游戏2本：65.《全职高手》（蝴蝶蓝）；66.《惊悚

乐园》（三天两觉）。

（九）其他 3 本：67.《民国谍影》［寻青藤（军事）］；68.《冠军之心》［林海听涛（体育）］；69.《复兴之路》（wanglong）。

第二部分，女频作品：

（一）古代言情 13 本；70.《扶摇皇后》（天下归元）；71.《似锦》（冬天的柳叶）；72.《炮灰攻略》（莞尔 wr）；73.《花颜策》（西子情）；74.《君九龄》（希行）；75.《诛砂》（希行）；76.《凤门嫡女》（意千重）；77.《花繁春正茗》（意千重）；78.《覆手繁华》（云霓）；79.《金陵春》（吱吱）；80.《慕南枝》（吱吱）；81.《一品仵作》（凤今）；82.《琅琊榜》（海宴）。

（二）现代言情 11 本：83.《你和我的倾城时光》（丁墨）；84.《挚野》（丁墨）；85.《中国铁路人》（恒传录）；86.《听说你喜欢我》（曾用名《一个人的一往情深》）（吉祥夜）；87.《写给鼹鼠先生的情书》（吉祥夜）；88.《好想喜欢你》（麦小冬）；89.《乔先生的黑月光》（姒锦）；90.《非常暖婚，我的超级英雄》（土豆爱西红柿）；91.《金牌女律师》（云月如白）；92.《明月度关山》（舞清影）；93.《玉堂留故》（不知春将老）。

（三）其他 7 本：94.《凶案调查》（莫伊莱）；95.《你好消防员》（舞清影）；96.《如果深海忘记了》（苏茯苓）；

97.《谁在时光里倾听你》（米西亚）；98.《仙灵图谱》（云芨）；99.《师父又掉线了》（尤前）；100.《女机长》（君安安）。[1]

入选的作品中，少数还在连载，大多都已完结。有评论指出，有些作品能入选是出乎意料的，譬如辰东的《圣墟》、跳舞的《天启之门》更新都很"拉胯"，口碑也并不突出，远比不上他们的其他小说。只能说这个被国家图书馆永久典藏的作品榜单，可以作为一个不错的选书参考，却也不必过分看重。

二、"新时代十年百部"优秀作品榜单

"新时代十年百部"，即"新时代十年百部中国网络文学作品榜单"评审活动的简称。这次活动由中国作协网络文学委员会、中国作家出版集团主办，评审工作于 2022 年 10 月启动，经过初评、复评、终评三个阶段，最终确定了百部优秀网络文学作品榜单（按拼音音序排列）：

---

[1]　收音机天线：《国家图书馆永久典藏的 100 部网络小说》，2020 年 9 月 4 日，https://zhuanlan.zhihu.com/p/215675154，2024 年 8 月 16 日。

B

《白纸阳光》月壮边疆

《半妖司藤》尾鱼

《宝鉴》打眼

《奔腾年代——向南向北》眉师娘

《奔涌》何常在

《冰锋》梧桐私语

C

《参天》风御九秋

《长干里》姑文

《长乐里：盛世如我愿》骁骑校

《长夜难明》紫金陈

《朝阳警事》卓牧闲

《成何体统》七英俊

《冲吧，丹娘!》古兰月

《传国功匠》陈酿

《从红月开始》黑山老鬼

D

《大奉打更人》卖报小郎君

《大国重工》齐橙

《大江东去》阿耐

《大清首富》阿菩

《大医凌然》志鸟村

《澹春山》意千重

《盗墓笔记》南派三叔

《第九特区》伪戒

《第一序列》会说话的肘子

《点道为止》梦入神机

《斗罗大陆 II 绝世唐门》唐家三少

《斗破苍穹》天蚕土豆

F

《繁星织我意》画骨师

《丰碑》吴半仙

《风雪将至》苏方圆

《烽烟尽处》酒徒

《覆汉》榴弹怕水

《复兴之路》wanglong

G

《关键路径》匪迦

《鬼吹灯 II》天下霸唱

《诡秘之主》爱潜水的乌贼

H

《花开锦绣》吱吱

《回到过去变成猫》陈词懒调

J

《匠心》沙包

《君九龄》希行

L

《猎赝》柳下挥

M

《明月度关山》舞清影

《兰无长兄》祈祷君

《牧神记》宅猪

Q

《七微克蔚蓝》茹若

《岐黄》漱玉

《秦吏》七月新番

《琴语者》阿弥

《清穿日常》多木木多

《庆余年》猫腻

《全职高手》蝴蝶蓝

R

《孺子帝》冰临神下

S

《商藏》虔政

《神工》任怨

《生命之巅》麦苏

《盛唐风华》天使奥斯卡

《圣武星辰》乱世狂刀

《圣墟》辰东

《师父又掉线了》尤前

《狮舞者》玉帛

《时光里的釉色》明药

《书灵记》善水

《碎星物语》罗森

T

《他来了，请闭眼》丁墨

《他以时间为名》殷寻

《糖婚》蒋离子

《唐砖》孑与2

《天道图书馆》横扫天涯

《天启之门》跳舞

《天梯》扬帆星海

《铁骨铮铮》我本疯狂

《投行之路》离月上雪

W

《万古仙穹》观棋

《万族之劫》老鹰吃小鸡

《我的西海雄鹰翱翔》懿小茹

《我们生活在南京》天瑞说符

《我有特殊沟通技巧》青青绿萝裙

《巫神纪》血红

X

《仙风剑雨录》管平潮

《相声大师》唐四方

《逍遥游》月关

《写给鼹鼠先生的情书》吉祥夜

《新宋》阿越

《星辉落进风沙里》北倾

《幸福在家理》知更

《修真四万年》卧牛真人

《雪中悍刀行》烽火戏诸侯

Y

《燕云台》蒋胜男

《一剑独尊》青鸾峰上

《一脉承腔》关中老人

《一念永恒》耳根

《异常生物见闻录》远瞳

《有匪》Priest

Z

《砸锅卖铁去上学》红刺北

《宰执天下》cuslaa

《扎西德勒》胡说

《这个人仙太过正经》言归正传

《知否，知否，应是绿肥红瘦》关心则乱

《诛仙》萧鼎

其他

《2.24 米的天际》行知 [1]

评审专家们认为，这百部作品广泛而深刻地反映了新时代十年（2012—2022 年）国家建设和人民生活的方方面面，包括乡村振兴、脱贫攻坚、民族工业振兴、共同富裕、创新创业等多个领域，打破了网络文学一味追求娱乐化的格局。其中，不少作品扎根基层，思想深刻，情感丰沛，质地厚实，为网络时代现实主义文学的发展提供了新的可能。同时，幻想类作品也有不俗的表现。评委们评价这类作品"不断创新文体与流派，如脑洞文、欢脱文、无限文，克苏鲁、迪化流、灵气复苏流等，层出不穷"。这些作品在继承中国

---

[1] 沈荣、韩佳、宋浩：《新时代十年百部中国网络文学榜单发布，你看过哪些？》，2023 年 6 月 21 日，https://view.inews.qq.com/k/20230621A07QJ100?no-redirect=1&web_channel=wap&openApp=false，2024 年 8 月 16 日。

传统文学优秀元素的同时，也积极吸收西方现代文学的特色，形成了独特的风格和流派。新时代十年百部中国网络文学作品榜单的评选工作，不仅是对 2012—2022 年网络文学发展的一次全面梳理和总结，更是对网络文学未来发展的一次展望和规划。这些优秀作品不仅具有较高的文学价值和思想深度，也反映出新时代的精神风貌和社会变迁，对于推动网络文学的健康发展具有重要的意义。

研讨专题

1. 网络文学的发展大致分为哪几个阶段？其代表性的作家和作品分别有哪些？

2. 为什么说技术性和文学性是网络文学的两个基本特质？

3. 如何理解网络文学产生与发展的文化背景与技术支撑？

4. 怎样描述我国网络小说的现实状况与发展前景？

5. 请以具体作家和作品为例，谈谈网络文学的继承与创新。

拓展研读

1. 欧阳友权等：《网络文学论纲》，人民文学出版社 2003 年版。

2.周志雄:《网络文学的兴起：中国网络文学发展文献史料辑》，人民出版社 2014 年版。

3.禹建湘:《网络文学产业论》，中国社会科学出版社 2011 年版。

4.陈定家编著:《网络文学作家论》，中国社会科学出版社 2022 年版。

第四章

/Chapter 4/

网诗现场：文学自媒体的
狂欢节

有人把诗歌说成是文学的灵魂，也有人把诗歌比作文学王冠上的明珠。诗歌作为文学的显类，对于这一类赞誉之词，它完全可以说受之无愧。我们注意到，世界上不论哪一个民族的文学，诗歌都是最早诞生的文体。因此，中外学者在撰写文学史的时候，大都会以诗歌开篇，而诗人及其诗作，在文学史中总是占据着极为重要的地位。随着印刷技术的普及，以小说为代表的叙事艺术搭乘机械复制的快车，将以抒情为主的诗歌远远抛到了身后，但无论小说取得了什么样的成功，它都与诗歌艺术保持着千丝万缕的联系，因为一旦割断了这种联系，小说就失去了其语言艺术品性，并必将因此而被文学王国作为异类分子驱逐出境。从这个意义上说，任何一部描述文学发生与发展史的著作，都没有理由把诗歌排除在外。

在文学文类中，诗歌最具代表性；在文学发展史中，诗歌不可或缺。传统文学如此，网络文学亦然。研究资料表明，网络诗歌的诞生与发展，在中华网络文学史上占有不可替代的重要地位。事实上，最初的网络文学作品就是以诗歌的形式展现在世人面前的。不少研究者将 1991 年王笑飞在北美创办的"中文诗歌网"看作中华网络文学的滥觞，在一定程度上，这既体现了学术界对网络文学史实应有的尊重，也体现了网络文学研究者对网络诗歌应有的重视。

根据现存网络资料的记载，在中华网络诗歌发展史上，最早引人注目的诗人是诗阳。诗阳，原名吴阳。从 1993 年 3 月开始，诗阳通过电子邮件在网络上大量发表诗歌作品，1994 年在"中文新闻组"和"中文诗歌网"上发表了数百篇诗歌。诗阳也因此被确认为中国历史上第一位网络诗人。在诗阳的网站（http://www.shiyang.net/）上，至今仍然保留着他早期发表的那些具有浓郁传统文学色彩的网络诗歌。

我们注意到，在方舟子等人于 1994 年创办的网刊《新语丝》中，诗歌也占有相当重要的地位。在 1995 年 3 月 1 日出版的网络诗刊《橄榄树》中，诗阳撰写了题为《旷荡世界，旷达人生——诗性的启悟》的发刊词，并开辟了"淡话季""境外""岁月""名家方阵"等 8 个栏目，其中的"名家方阵"实际上是一个经典诗作选登栏目，创刊号中选录的四首诗分别是洛夫的《随雨声入山而不见雨》、戴望舒的《印象》、顾城的《微微的希望》、郑愁予的《错误》。由此不难看出早期网络诗刊率性而为、不拘一格的混搭风格。

1997 年，朱威廉在国内创办了纯文学网刊《榕树下》，这件在当时看来平平常常的小事，在后来的网络文学研究者眼里，似乎变成了一件具有划时代意义的重要文学事件（参见第二章关于文学网站的相关评介）。对于事件的主角美籍华人朱威廉来说，他回国创业是否因其认祖归宗意识的驱使，我们不得而知，但对于中华网络文学史而言，却毫无疑问具有一种"游子还乡"的意味。一个值得注意的现象是，在《榕树下》最初的作者群体中，诗歌创作者的人数远在其他文体创作者之上。自此之后，中国网络诗歌进入了一个全新的时代。2002 年，马铃薯兄弟编选出版了《中国网络诗典》，该书的勒口印着这样的题词：

> 网络改变了中国诗歌的生态与版图；
> 网络扩张了中国诗人的活动空间与视野；
> 网络激发了中国诗人生存的勇气和创造的
> 活力；
> 网络改变了诗歌的疲弱状态。
> 甚至可以说，网络拯救了中国诗歌。[①]

无论这是对既定事实的描述，还是对未来事件的预言，相信任何一个认真关注网络诗歌的读者或评论家，都会为这

---

① 马铃薯兄弟编选:《中国网络诗典》，江苏文艺出版社 2002 年版，"前勒口"。

满满的正能量感到欣喜而振奋。

相比之下，有关网络诗歌的研究与批评却不容乐观。20多年前就有论者指出，21世纪的网络快车上，群雄并起，众声喧哗；诗坛江湖中，风云激荡，潮涨潮落。令人意想不到的是，对新生事物一向神经敏感的诗评界，对"网络诗歌"的风生水起却视若无睹，甚至嗤之以鼻。对于初露锋芒的网络文学，理论界更为青睐的主要是小说、散文等非诗性文学作品。谈起"网络文学"，人们津津乐道的是痞子蔡、安妮宝贝、邢育森等著名写手的网络小说，批评家的兴奋点往往集中在网上"小说接龙"和"文学擂台"之类的热闹场面上。尽管我们也看到了马策的《鱼戏莲叶间》、小引的《透视网络诗歌》、桑克的《互联网时代的中文诗歌》、尚冰雪的《网络诗歌的虚假繁荣（一）》、朵渔的《需要在黑暗中呆多久》等为数不多的评述"网络诗歌"这种文学现象的随笔和理论文章，但早期的这些网络诗歌评论，大多是网界同人的"现身说法"，不成系统，难成阵势，整体上缺乏对"网络诗歌"的自觉的理论建构。[①] 时至今日，这种研究与批评远远落后于创作实践的状况虽有所改观，但网络诗歌被冷落的情形，仍没有得到实质性的改变。

---

① 胡慧翼：《向虚拟空间绽放的"诗之花"——"网络诗歌"理论研究现状的考察和刍议》，《诗探索》2002年第1—2辑。

第一节 •
中华网络诗歌发展的基本线索 •

　　如前所述，网络诗歌作者，作为网络文学时代的号手，在 20 世纪 90 年代初，在地球的那一边，吹响了中国诗歌进军网络世界的号角。但当时的中国诗坛，正承受着市场化转型的巨大压力：诗人诗作，知音日少；诗报诗刊，举步维艰。写诗读诗，成了对"一切向钱看"之时风的莫大反讽，"海子之死"被人说成是一个诗歌时代终结的象征。在这种背景下，网络写作因其无门槛、低成本和无与伦比的快捷便利性，使广大诗歌爱好者重新燃起了对诗歌"创作与阅读"的热情。"诗歌借助网络的平台重现创作热潮，成为世纪交替以来中国诗坛一件最令人欢欣鼓舞的大事。随着互联网技术在中国的迅猛发展，网络诗歌呈现出蓬勃发展的态势。据不完全统计，自上世纪九十年代初到现在，先后有'诗江湖''诗生活''诗歌网报''榕树下'等数百个专业性的诗歌论坛或网站成立运行，注册会员达上百万人。加上各综合类网站的文学／诗歌论坛、个人博客等非专业性的网络载体，通过网络参与诗歌活动的人数已无法精确统计。"^① 就这样，网络诗歌，犹如网络文学园地的报春花，在整个文坛春寒料峭之时，就已热热闹闹地预告着网络文学春天即将到来的喜讯。

一、网络诗歌的产生与发展

2002 年，千帆著文披露了这样的数据："诗歌网站在美国已超过 20 万个；而根据网上老战士桑克的不完全统计，到 2001 年在中国也已过万。对于诗歌这种要求耐心的读物来说，这是个令人麻木的数字。……现在一来来几万个诗歌网站，你说多元吧，众声喧哗吧，我们常上的连千分之一都不到。想想现在有影响的门户网站跟报刊相比数量也是少得可怜，想想老网站做链接忙不过来，新网站还得到处宣传有谁谁来过我们这儿了，作为'类'的网络诗歌是多元还是单调，个人自由是发扬了还是被淹没了，实在是不好说。"^② 这些数据准确与否，还有待考证。遗憾的是，有关诗歌网站的数量，至今没有一个权威、确切的专业统计数据，人们往往用成千上万来形容其多，数据笼统了些，但这种朦朦胧胧的

---

① 何思好：《简论网络诗歌现状》，《时代文学（下半月）》2010 年第 9 期。
② 千帆：《有多少目光还在暗处——江湖、大锅饭和网络诗歌》，《诗歌月刊》2002 年第 6 期。

说法已经演变成了一种"网络事实"。

在诸多网络文学"大事记"之类的文献中，我们都会见到这样一些材料：

1990 年 11 月 28 日，中国正式在 SRI-NIC（斯坦福研究所网络信息中心）注册登记了中国的顶级域名 CN，开通了使用中国顶级域名 CN 的国际电子邮件服务。1991 年，王笑飞创办了历史上第一个中文文学通讯网"中文诗歌网"（chpoem-l@listserv.acsu.buffalo.edu）。

1993 年 3 月，诗阳通过电邮在网络上发表诗歌作品，这是有案可稽的第一首网络诗歌的诞生。此后，诗阳在"中文新闻组"和"中文诗歌网"上刊登了数百首诗歌，成为历史上第一位中国网络诗人。

1994 年，诗阳、鲁鸣、亦布、JH、梦冉、泓、秋之客、天天等网络诗人在"中文新闻组"和"中文诗歌网"上发表了大量的诗歌，更多的网络诗人不断地涌现，网络诗歌迅速崛起。

1995 年，在网络诗人诗阳、JH、天天、亦布、西岭、吴斌、非杨、建云、泓、秋之客、岳涵、瓶儿、梦冉、鲁鸣、祥子、马兰等的努力下，世界上首份中文网络诗刊《橄榄树》创刊，历任主编为诗阳、祥子、马兰等。《橄榄树》通过电子邮件向全世界发行。

1999 年，网络诗人群体开始转向国内发展，以寻求更大的网络空间。李元胜等创办《界限》网络诗刊。

2000 年，莱耳、桑克等创办诗生活汉语诗歌网站。南人创办诗江湖网站。《诗选刊》杂志创刊。沈浩波等创办《下半身》诗刊，从此"下半身写作"成为诗歌流派，并不断引起争议。

2001 年 5 月，南人等创办《或者》电子诗刊。网络诗人小鱼儿（于怀玉）等创办诗歌报网站，同时更多的诗歌网站出现，网络诗歌进入诗歌创作的主流。

2002 年，陈肖、海梦等成立诗先锋网站。

2003 年，皮旦（老头子）等创立垃圾派，出版有《北京评论》网刊。新诗代综合中文诗歌网站成立，主编是海啸。福建谢宜兴、刘伟雄创办丑石诗歌网，"丑石"从此走向网络。

2004 年，"低诗歌"论坛创办；2005 年 3 月，《低诗歌运动》出版；2005 年 11 月 14 日，低诗歌网站运行。

2005 年，南北在成都创办"现代禅诗探索"BBS 论坛；该年，诗人静川发起并成立了中国网络诗人协会。

2006 年，时任《诗选刊》杂志编辑部主任的女诗人赵丽华的诗歌遭网友恶搞，诗歌再次进入公众视线。更多网友称"梨花体"不是诗歌，并有人在网上发布写诗软件，现代诗歌与诗人遭到空前质疑。

2007 年 3 月，"低诗歌"博客开通。

2010 年 8 月，大型诗歌民刊《第三极》、新浪第三极作家群落博客圈发起第一届中国诗歌微博论坛在线诗歌研讨会。

2011 年 5 月，诗歌报评选出中国网络诗歌十佳诗人。伊沙、兰逸尘、肖水、茉莪、陈忠村、花语、赵丽华、白鸦、晓英、沈鱼等网络诗人获得此荣誉。

…………

值得注意的是，不少涉及早期网络诗文的作者，都言之凿凿地将网络诗歌诞生的日子勘定在 1993 年 3 月 25 日，其主要依据是这一天诗阳发表了被称为网络诗歌开山之作的《诗意》。事实上，自此以后，诗阳一发而不可收，开始在互联网上连续发表诗作。1994 年，诗阳进入了诗歌创作的高峰状态，以几近"每日一诗"的速度发表了数百首原创作品。虽然这些诗作难以像某些热点事件那样使诗人一夜之间声名鹊起，但诗阳把这场网络诗歌的"开台锣鼓"演绎得有声有色，倒也着实引起了散布于世界各地的中文诗歌爱好者们的关注。诗阳并非第一个在网络上发表汉语诗歌的诗人，但由于诗阳诗歌的大量发表，催生了网络诗人的批量涌现。他对网络诗歌的造势与开场，付出了巨大的心血和热情，其开创之功，有目共睹。从这个意义上说，"中华网络诗歌第一人"的称号，诗阳当之无愧。尤其是作为中华网络诗歌首家网刊《橄榄树》的创立者，诗阳及其诗友为最早一批海外中华网络诗人的出场，搭建了一个"大有可为"的平台。仅此功业，就足以在中华网络诗歌史上记下浓墨重彩的一笔。

从诗阳开始，即便我们还不能说中华网络诗歌王国就此迎来了阳光普照的日子，但至少可以说，在诗阳的笔下，我们已经看到了"网诗"问世那具有时代标志意义的"半壁见海日"。

最早关注网络诗歌的诗评家杨晓民对网络诗歌崛起的历史背景进行了如下描述："电影、电视、多媒体的产生已给诗歌以沉重的打击，网络的出现无疑是雪上加霜。但另一方面，网络世界的普及，特别是网络的开放性、游戏性、参与性、交互性，又为诗歌彻底打通走向大众之路开辟了一个新的视野——为现行诗歌的转换提供了可能，为大众阅读、写作、批评诗歌开辟了无限的前景。如果我们的诗歌既能充分享用网络文化所赋予我们的广博胸襟，又时刻牢记我们足下的热土，随着网络的迅速推进，诗歌，确切地说网络诗歌的复兴是可能的……网络文化将彻底瓦解现行的私密性诗歌文本。现行的诗歌悄然引退，网络诗歌必然崛起。"①

传统诗歌引退、网络诗歌崛起的说法，很快得到了不少诗歌关注者的认可。例如，李元胜在《界限：中国网络诗歌

---

① 杨晓民：《世纪之交的缪斯宿命：网络环境下的诗歌写作》，《当代作家》1998 年第 1 期。

运动十年精选》的序言中指出："活跃的网络诗歌运动给低谷期的中国当代诗歌注入了新的活力……十年之后，当我们回顾潮起潮落的网络诗歌运动，才发现它其实呈现出了截然不同的一面，更积极的一面。可以毫不夸张地说，它彻底改变了中国当代诗歌的格局。"[①] 在这方面，著名诗人梁小斌和于坚的相关言论，在网诗评论中具有深远影响。梁小斌认为，网络是一把双刃剑，同时网络写作是对传统纸媒权威的反叛，为众多写作者提供了自由写作与自由发表的平台。于坚明确指出："我注意到，最近十年，最优秀的青年诗人几乎都来自网络。"[②]

简而言之，20 世纪 90 年代末，以北美华文网络诗歌作者为主体的诗人群体开始转向国内发展，这时的中国互联网出现了惊人的快速发展势头，网络写作也呈现出乐观向上的前景。中国网上读者的增长速度超乎想象，由北美留学生们点燃的网络诗歌的星星之火，很快燃遍了国内各大网站。1999 年出现了由李元胜担任主编的《界限》；2000 年莱耳、桑克的诗生活和南人的诗江湖等成立；2001 年于怀玉创立了诗歌报，同时更多的诗歌网站出现，网络诗歌进入了诗歌创

---

① 西叶、苏若兮编：《界限：中国网络诗歌运动十年精选》，重庆大学出版社 2010 年版，"序"，第 1 页。
② 于坚：《"后现代"可以休矣——谈最近十年网络对汉语诗歌的影响》，《诗探索》2011 年第 1 期。

作的主流时代。① 不少诗评者都将《界限》的出版，看成是网络诗歌的一个具有里程碑意义的标志。2002 年，梁平提出了"网络诗歌已是中国诗歌现场的半壁江山"的观点。他认为，当时国内已经有了成千上万的诗歌网站，其注册人数和点击率超出国内正式出版的诗歌刊物发行总量。"活跃在网络上的诗人，有相当人数至今还没有向刊物投寄过一首诗，但他们的名字和他们的诗却早已通过网络广为流传。……在中国诗坛颇负盛名的一部分诗人，也纷纷潜入网海，有的开办诗歌论坛，有的开办诗歌网站，有的应邀成为版主或驻站诗人，其乐融融。《星星》《诗歌月刊》《诗选刊》《扬子江》等诗歌刊物也有了自己的网站和论坛。"② 面对这样的现实，如果有谁仍然对网络诗歌不屑一顾，那就有些不近情理了。梁平高度肯定了"诗生活""或者""界限""扬子鳄""诗歌报""诗江湖""诗中华""橡皮""唐""翼""现代诗歌"等论坛或网站对网络诗歌做出的贡献。他说道："只要我们到这些网站和论坛上去看一看，你就会发现你所喜欢的诗，发现你所喜欢的诗人，而这些诗人和诗歌，会让你觉得年轻，会让你觉得生活是这样的美好！"③ 梁平时任四川省作家协会

---

① 练暑生：《新媒体文类研究》，厦门大学出版社 2017 年版，第 15 页。
② 梁平：《关于网络诗歌的现场指认》，《阅读的姿势——当代诗歌批评札记》，四川文艺出版社 2014 年版，第 6—7 页。
③ 梁平：《关于网络诗歌的现场指认》，《阅读的姿势——当代诗歌批评札记》，四川文艺出版社 2014 年版，第 8 页。

副主席、《星星》诗刊执行主编、星星诗歌网站总版主，他的这番话，对网络诗歌的身份确认具有一定的代表性意义。

尹小松对网络诗歌的"前世今生"进行了比较深入的考察。他认为："所有'网络诗'都有一个共同点，就是随时不拒绝传统纸媒（包括出版物和杂志）的关照和眷顾。"①网络诗人都像宋江一样，时刻盼望着被"招安"——在书面上找到最终归宿，落地纸质媒体是网络诗人"最终的心愿和目标"。就如同小说写手安妮宝贝摇身一变成为作家庆山那样。"'网络诗'是后现代社会文化语境中'众声喧哗'的表达欲望需求得到部分满足的产物，它们身上有一种明显的时代断裂和分野气质，其突兀的感觉就是自 2000 年以来，整体上显现了从内容到思想上的某些新特征变化，如反文化、去魅、极端个性主义等。"尹小松以一直倡导后现代主义诗歌的"非非"派为例："自他们在上世纪八十年代末响亮地打出自己的旗号以后，立即遭受到一阵阵批评，从 1994 年到 1999 年，就基本上偃旗息鼓，没有多大作为，其麾下的各位主将，大多数经商下海或干其他，忙自己的生计去了。直到最近，受'气候'的影响，才重又扛起大旗，整顿人马，为诗歌界的热闹出人出力。"②

---

① 尹小松：《"网络"诗歌的前世今生》，《文艺理论与批评》2003 年第 3 期。
② 尹小松：《"网络"诗歌的前世今生》，《文艺理论与批评》2003 年第 3 期。

　　尹小松是较早明确地把所谓"盘峰论剑·1999"说成是引发网络诗歌崛起的"直接可观的事件"的人。他认为，一直"或消沉隐逸或自得其乐"的民诗群体，突然在"盘峰诗会论争"上对以"知识分子写作"为主体的主流诗群发难，民诗大军逆袭主流诗坛是为了争夺"诗歌入史"的话语权。论争的结果是，"让他们去说我们这也不行那也不行吧"，长期以来民诗群体对主流诗坛的"恭敬"从此烟消云散。自1999 年 4 月"盘峰诗会论争"之后，2001 年围绕着"网络诗歌"的"怎么写"和"写什么"，在"橡皮""唐""个""诗江湖"四个网站（论坛）之间，先后爆发了沈浩波—韩东、伊沙—沈浩波、徐江／萧沉—韩东／杨黎／沈浩波、韩东／杨黎—于坚之间的四次论争，卷入这场论争的除当事双方之外，还有其他许多知名的诗人、评论家。在尹小松看来，具有民间色彩的网络诗歌主要有三大特征：一是民间立场的清醒和确立；二是怀疑精神的勃发与流行；三是分歧纷呈的结果。[①]

　　值得注意的是，到 2009 年前后，众多十年回顾之类的文章，虽并不否认"盘峰论剑"的分水岭意义，但基本都是把《界限》看作网诗崛起的起点。因为正是从《界限》开始，中国网络诗歌才真正形成了自己的队伍，亮出了自己的

———————

[①]　尹小松：《"网络"诗歌的前世今生》，《文艺理论与批评》2003 年第 3 期。

旗帜。从诗人雪瑶主编的《中国网络诗歌史编》（思潮卷）第二辑之"事件篇"来看，该"史编"所选择的与"诗歌事件"有关的概念，表面上看大多与网络诗歌无关，如"新现代主义""蓝星诗群""创世纪诗群""朦胧诗""白洋淀诗群""中国新现实主义""新边塞诗派""莽汉主义""整体主义""海上诗派""圆明园诗派""丑石诗群""新乡土诗派""非非主义""信息主义""灵性诗歌""新江西诗派""第三代""他们诗群""神性写作"等。但"盘峰论争""知识分子写作""民间写作""第三条道路""中间代""下半身写作""垃圾派""荒诞主义""橡皮写作""梨花体""天问诗歌公约""第三极文学运动""女子智灵性诗歌""地震诗歌"等，这些条目即便不是直接针对网络诗歌的，也至少是些离开了网络媒介或许根本就难以形成热度的"事件"。大多数论者认为，"盘峰论争"（正式场合都称作"盘峰诗会论争"）是一个分水岭，雪瑶的这个"事件篇"对此亦作如是观。"盘峰论争"之前的部分事件几乎与网络诗歌没有太直接的关联，但若将它们作为网络诗歌的史前史看待，将这些"诗歌事件"编入网络诗歌的"史编"之中，也不无道理。如果说"盘峰论争"关于"知识分子写作"与"民间写作"的论争，就其内容而言，仍主要属于传统诗学理论范畴的话，那么，"梨花体""天问诗歌公约"等"事件"的出现，则可以说是"非网莫属"了。

　　说到网诗的现状与前景，笔者想起了今何在的科幻小说——《我的征途是星辰大海》。面对渺渺星空、茫茫大海，我们如何启动探寻之旅？询问前驱或许是最好的途径。资料表明，目前专以网络诗歌为研究对象的著作主要有张德明的《网络诗歌研究》[①]、杨雨的《网络诗歌论》等。前者是国内最早的网络诗歌专著，作者全面而深刻地阐述了网络诗歌的一系列理论问题，包括网络诗歌的基本特征和创作技巧探索。该著作的另一个特点是注重对网络诗歌具体文本的细读。作者认为，在网络时代，诗歌不但可以跟历史进行"超距的对话"，而且可以超越现实，而与其进行"超距的对话"。因此，他在主题范畴上做了一次有力的扩充。另外，因论坛、个人主页、博客等网站技术元素的加入，诗歌原有的艺术元素受到挑战、冲击。诗歌的断行、图文并茂甚至是"音声画文"的融合，以及诗歌的造词习惯等，都创造了网络时代特有的诗歌表现形式。因此，网络诗歌的世界是一个神奇的世界。在这个世界里，人们可以寻找到比现实更丰富的话语欲望的满足和语词游戏的快乐。更重要的是，在网络诗歌世界里，有更多的方式让人们去表达情感。

　　另一部网络诗歌研究著作，即杨雨的《网络诗歌论》，除绪论之外，分为五章，依次是网络诗歌构成本体论、网络

---

① 张德明：《网络诗歌研究》，中国文史出版社 2005 年版。

诗歌创作主体论、网络诗歌功能论、网络诗歌鉴赏论、网络诗歌"第二性"。从章节设置看，作者具有从传统文论视角建构网络诗学理论体系的明确意愿，这显然是一项单凭一人之力难以圆满完成的工作。尽管如此，该著作条理分明的概念梳理和富有诗意的学理表述令人印象深刻。相信在网络诗歌研究领域，该著的重要性会得到相关研究者越来越深入的关注与理解。

就其宏观特征来看，《网络诗歌论》立论平实，见解沉稳，少有同类论文中常见的惊人之语。例如，作者在阐发网络有可能带来诗歌的繁荣时指出："有很多人质疑在进入网络时代的今天，到底还有没有真正意义上的诗歌？如果，就像许多人宣称的那样，'网络诗歌，就是发表在互联网上的诗歌'，那么，我们有理由相信，诗歌曾经存在，诗歌现在还存在，只不过，它改变了栖居的形式。换言之，它只是扩大了生存的空间：从远古口耳相传的口头吟唱，到之后的口头吟唱与书面流传并存，再到今天的口头吟唱、书面流传和网络传播共在。或者，我们可以说，诗歌的命运，不是像很多人担忧的那样，走向了衰亡，而是恰恰相反，因为网络，诗歌又迎来了或即将迎来第二个盛唐？"[①] 毋庸讳言，该著作

---

① 杨雨：《网络诗歌论》，中国文史出版社 2008 年版，第 15 页。

和大多数网络诗歌"圈外"人士的研究一样，在诗学与诗作之间，或多或少地存在着一种"隔空"之感。

二、网络诗歌的文学史意义

　　著名的"诗歌报网站"有一个著名的口号："为中华文学史挑选网络诗人！"这种"代史立言"的自信令人印象深刻。当然，从心理学上说，这种不无夸张的自信实际上恰好是身份焦虑的表征。有趣的是，网诗与文学史的关系问题还的确受到了不少诗评家的关注。在众多有关网络诗歌的论文中，王本朝的《网络诗歌的文学史意义》堪称"潜水"之作中的佼佼者。作者对网络诗歌的发生发展进行了简要评介：网络诗歌的出现以诗歌网站的创办为前提和标志。网络汉语诗歌，最早出现在 1991 年，当时王笑飞创办了海外中文诗歌通讯网；1993 年 10 月，方舟子在互联网中文新闻组上陆续张贴他的诗集《最后的预言》，但应者寥寥；1994 年 2 月，古平等创办了第一份中文文学网络刊物——《新语丝》月刊；诗阳、鲁鸣等人于 1995 年 3 月创办了网络中文诗刊《橄榄树》。1997 年伊始，《橄榄树》改为文学刊物，以诗歌诗评为主，但也有散文和小说，不再是纯诗歌刊物。[①]

[①]　王本朝：《网络诗歌的文学史意义》，《江汉论坛》2004 年第 5 期。

国内第一家网上诗刊是 1999 年 1 月出现在"重庆文学"网站上的《界限》,它力推重庆及海外汉语诗歌精品。不少论者津津乐道的是,《星星》诗刊于 1999 年创办网络版和 1999 年 4 月发生的所谓"盘峰论剑",这些可以看作是网络诗歌进入文学史的标志事件。前者是传统期刊代表传统诗坛发给网络诗歌的"准入证";后者被说成是民间诗歌群体终于在传统知识分子的诗歌面前"站起来了"的一个具有仪式性的场景。于是,诗评界往往将"盘峰论剑"看作"中国诗歌之分水岭",即以网络诗歌为代表的民间诗歌登上中国诗歌论坛,网络诗歌开始进入文学史的视野。王本朝认为,网络诗歌具有民间性、反叛性和个人性的精神特质,在艺术上追求取材的日常性和生活化、语言的口语化和暴力性、结构的叙事性和随意性。它改变了传统诗歌的写作方式、传播方式和阅读方式,并生成了欲望的狂欢等新的诗歌美学原则。[①] 无论如何,网络诗歌给传统诗坛注入了新鲜血液,这是不争的事实。另一个最重要的时代巨变无疑是,网络为诗歌"野火烧不尽"的草根性提供了无限广阔的自由生长空间,这在印刷时代是不可想象的。仅凭此一点,未来的诗歌史就应该留下网络诗歌发生与发展的足迹。

网络诗歌"进入文学史视野"令部分网络诗人振奋不

---

① 王本朝:《网络诗歌的文学史意义》,《江汉论坛》2004 年第 5 期。

已。传统文学期刊和出版物不仅对曾经难入法眼的网络诗歌伸出了橄榄枝，而且逐渐把网络诗歌推向了引人瞩目的位置。"刊物甚至不惜以专刊的形式，在逐步加大量地推出网络诗歌。"对此，大多数诗评家欢欣鼓舞，认为这是网络诗歌走向繁荣的表征。但也有评论者对此表示出深切的忧虑："这决不是网络诗歌被恩宠加冕了，也决不是网络诗歌层次被提高了，恰恰相反，这个现象的出现，就网络诗歌自身而言，（说明）它正在遭受一种'文明'的侵略，正在面临着改变其真实身份的命运挑战，或者说，网络诗歌正在被招降！……（被招降就意味着网诗）会丢掉自己的本色去努力向纸质诗歌的选择标准靠拢。它的新锐性、大众化与狂欢性也就会被变异，并有可能因其为迎合而失去上述提及的思想性与无忌度，最终导致丧失成长的原动力和壮大中的独特性质与美学特点。"[①] 这种担忧并非多余，网络诗歌入史绝不是传统诗坛的施舍，网络诗歌的历史是网络诗人们自己创造出来的。当年亚历山大兵锋所向，貌似坚不可摧的强大波斯帝国土崩瓦解，马其顿人大喜过望，纷纷要求亚历山大见好就收，但这位亚里士多德的弟子胸怀天下，他告诫自己的将士不要被黄金美女迷惑，前面还有更大的荣耀。为了创造马其

---

① 王学海：《个性的申张与快乐的自慰——对新世纪网络诗歌的浅见》，《文艺争鸣》2010 年第 7 期。

顿人的辉煌历史，他们继续向东、向东……笔者的意思是，网络诗歌是一种代表全新审美意识的改天换地的"革命力量"，它要自己创造自己的历史。网络诗人要有创造历史的自信心，尽管现在鄙视网诗的大有人在，"让他们去说我们这也不行那也不行吧"。网络诗歌既然已经掀开了自己的历史篇章，注定要创造历史的网络诗人们就应该大胆地走自己的路。

其实，网络诗歌潜在的危机并不是传统诗人对网络诗歌的鄙视，而是网络诗歌队伍内部的"斗争"，即有关网络诗歌的论争。当然，有关网络诗歌的论争中，有许多精彩的场景，相关描述或许会成为日后网络诗歌史编撰者笔下的花絮。关于网络诗歌论争，有人喻之为江湖快意恩仇，有人喻之为战场上的短兵相接，有人喻之为朝堂政要的明争暗斗……诗评家陈仲义则以"角斗士"的血腥搏杀为喻。他于 2009 年发表的《新"罗马斗兽场"——十年网络诗歌论争缩略》一文，对网诗论争的描述精彩绝伦，成了诗评史上绕不开的经典文献。他认为："近十年来，网络诗歌风起云涌，网络论争也如影随形。凡有诗歌锅灶的地方，必有狼烟烽起。不必动用搜索引擎，仅凭……记忆，也能一口气说出数十种网上博弈：大到潮流风气、未来走向，中到社团运动、流派圈子，小到诗人臧否、作品的棒喝或封堵，及至单个语词删除更改。应有尽有，不一而足。'诗江湖''北京评论''扬子鳄''天涯诗会'是公认的战场和策源地。"①

　　在"短兵相接，咄咄逼人"的论争中，有立场之争、观念之争，有话语之争、诗学之争，又有姿态之争、意气之争和眼球之争。从最早的"沈韩"之争，这种风气"传染"到后来有相似性质的"徐、韩、萧、阳"和"韩于"之争；有老非非与新非非的"真假非非"之争；有朱子庆的"炮轰庸俗诗歌"之争；有"中间代"出笼、集结，并进入历史的"命名"之争；有举国轰动、全民关注的"梨花体"之争；有猎户座开发写诗软件，引发技术进驻诗歌领域、诗歌智能化的"辨识"之争；有伊沙与韩寒关于现代诗的"存亡"之争；有叶匡政抛出 14 种例证，大肆宣扬死亡论的"中国文艺复兴"之争；有丁成关于"70 后"与"80 后"诗歌谁捆绑谁的"代际"之争；还有李磊长期与伊沙、徐江谁毙掉谁的混骂；有林贤治的《空寂而喧嚣的九十年代》引发臧棣与之对先锋诗歌评价的对峙；有李少君、周伦佑关于莽汉主义在当代诗歌史中的真相与定位的驳诘；有枪挑阿毛的《当哥哥有了外遇》激发的口语诗争议；有雷平阳的"澜沧江"是生命之作还是类型化写作的讨论；有龙俊与老象关于低诗歌缘起的冠名"争夺"；有《中国新诗年鉴》原编委伊沙、徐

---

① 　陈仲义：《新"罗马斗兽场"——十年网络诗歌论争缩略》，《文艺争鸣》2009 年第 12 期。

江因对入选作品不满而向"杨氏年鉴"（杨克于2006年主编）的发难；有《中国南京·现代汉诗研究计划》两次发布庸诗榜所搅起的轩然大波……①

陈仲义将大量纷繁的论争事态大体归为性质相近的三大类——立场之争、意气之争、诗学之争。所谓"立场之争"，是指21世纪初至2009年近十年间的诗歌社团、运动、流派、思潮的立场之争，主要出现在对《下半身》《垃圾派》《低诗歌》等诗歌理念的争讼上，以及它们互相之间在写作立场、写作方向的分歧上。

所谓"意气之争"，主要包括发生于2001年初沈浩波与韩东之间的"沈韩之争"。"沈韩之争"可谓起于"趣味"之争，终于"意气"之斗。在"衡山诗会"上，沈对韩的美学趣味（"先锋不等于反抒情"）提出批评，刚开始时还含有诗学探讨的成分，后因对立情绪升级，很快演变为"意气之争"。加上韩、沈各自盟友的介入，他们以"诗江湖""橡皮""唐"为阵地，展开了全面"厮杀"，历时一个星期，卷入的作家、诗人达40余人，双方难分胜负，"战事"终于不了了之。据说这是网络上最早的内部"口角"。

所谓"诗学之争"，主要是围绕"梨花体"的一场网诗

---

① 陈仲义：《新"罗马斗兽场"——十年网络诗歌论争缩略》，《文艺争鸣》2009年第12期。

大争鸣。据考，2004 年 9 月，著名诗人安琪将根据访问山东的经历创作的 15 篇诗文陆续贴在"极光"论坛上，山东诗人格式从语言问题开始做出回应，指出当下诗歌句子的"轻薄"和无"韧性"是口语诗的最大弊病，诗人长征则用三个反射论强化对当下诗歌语言的理解。以此为契机，"极光"论坛掀起了一场诗学论争。2006 年，"乱象"达到高峰，9 月 13 日，有人将女诗人赵丽华四年前的一批网络诗（如《一个人来到田纳西》等）重新张贴，跟帖者立即蜂拥而至，支持者势如破竹，就此掀起了一场排山倒海的"梨花体"仿写运动。点击量逾百万次，诗歌的受关注度创下前所未有的纪录。

从整体上看，21 世纪初至 2009 年近十年间网络诗歌论争的最大成果，是先锋诗学得到了充分的展示和迅速的传播。陈仲义甚至认为，诗学上的所有问题，无一不在网络上得到回应。特别是前沿、敏感尖锐的话题，一直受到最热切的关注，有含金量的东西都在争论中一一显露出来，为网络诗学的成熟打下基础。[①]

百度百科的"网络诗歌"词条有一个形象的说法："网络诗歌对中国网民的影响不断加大。网络诗歌就像感冒一样

---

① 陈仲义：《新"罗马斗兽场"——十年网络诗歌论争缩略》，《文艺争鸣》2009 年第 12 期。

流行起来，涌现出了大量的诗人和各种派别。但是，作为一种新型的艺术形式，不同流派与风格的网络诗歌作品自出现以来就都承受了读者们依据传统美学对网络诗歌的强烈批评——有的过于散文化，过于直白；有的让人无法理解；有的颓废淫乱，有的则毫无意义。"① 但追根究底，它们几乎都是日常经验和物质诉求的或直接或隐晦的呈现。"在'历史终结'和全球化时代翩然到来的时日里，中国文学关于民族国家现代化的审美想象，完全耗尽了她最后的理想精神与浪漫情怀，在现代化实践越来越多地以商品物质形式进入寻常人家后，日常经验和物质诉求就直接成为文学关于现代性想象的唯一表达方式和剩余兴趣。"② 网诗的勃兴，无疑与这种"现代性／反现代性"想象有着千丝万缕的联系。

三、网络诗歌的第一现场

来自诗歌写作现场的事实表明，网络的出现已经为 21 世纪的诗歌写作开辟出了一个充满诱惑力和无限创新可能的活动空间。有资料显示，自 1999 年国内第一家中文诗歌网站"界限"创办以来，各种专业性的中文诗歌网站、论坛、

---

① 见百度百科"网络诗歌"词条，https://baike.baidu.com/item/%E7%BD%91%E7%BB%9C%E8%AF%97%E6%AD%8C?fromModule=lemma_search-box，2024 年 9 月 2 日。
② 向荣：《日常化写作：分享世俗盛宴的文学神话》，《文艺评论》2002 年第 2 期。

专栏（包括个人"博客"）如雨后春笋般地被创建起来，迄今为止，其数量已远远超过千家（千帆认为截至 2001 年已经超过了 1 万家）。在网络诗歌空间中，诗歌论坛因为开放、便捷、直观等特点而获得了超常规的发展，成为网络诗歌的第一现场。

在这个所谓"网络诗歌的第一现场"里，比较有影响的网络诗歌平台主要有诗江湖、扬子鳄、北京评论、第三条道路、诗歌报、诗选刊、第三极、北回归线、低诗歌、屁诗歌、星星、南京评论、非非评论、打工诗人、女子诗报、赶路、诗生活、界限、或者、不解、中国低诗潮、汉诗评论、终点、锋刃、一行、非诗、丑石、灵石岛、诗参考、新诗代、卡丘主义、平民诗歌、物主义、水诗、漆、病态主义。

当然，这只是一个极为随意的比喻性的说法，正如梁山上有三十六天罡还有七十二地煞一样，在世纪之交的两次大转型中元气大伤的各大诗歌流派，也纷纷来到互联网这块新大陆开设各自的论坛，他们重整旗鼓，厉兵秣马，定期或不定期地出版"民刊"或"网刊"。如前所述，自 1999 年知识分子写作和民间写作爆发所谓"盘峰论争"时起，当代诗坛看似统一的格局就已经土崩瓦解。作为分水岭，"盘峰论争"使得第三方，即长期以来备受主流诗坛排斥的无数诗歌"流民"成了话语再分配的直接受益者，后者自此开始主动寻求自我表达权，在网络诗歌论坛"制造"人气、火药味或狂欢氛围，从而将当代诗歌带入一个众声喧哗、群氓争锋的时代。这些论坛所发表的诗歌作品——从主题到题材，从诗意到意象，从话语主体立场到话语方式，一开始就表现出抢眼的低俗化特征。一时间，中国诗人们竟集群性地"引体向下"……就当时的情形看，这种滥觞于网络的低俗化写作似乎还只是一个开端。与此同时，一场以低俗化写作为表征的诗歌话语革命也终于爆发，并以不可遏止的势头在网络上迅速蔓延开来。①

对网络诗歌有专深研究的张德明先生曾就网诗的优势和缺点进行过深刻的剖析，他认为，网络诗歌的优势表现在如下几个方面：一是自由抒写的开放性；二是海纳百川的包容性；三是即写即发的便捷性；四是探讨交锋的互动性；五是传播方式的时效性。但网络诗歌的缺陷也是显而易见的：一是诗歌交流娱乐化；二是创作过程随意化；三是创作心态浮躁化；四是语言呈现粗鄙化；五是文本阅读表面化。②张德明描述网络诗歌语言特点的文字极为考究且异常简练，可总结为五点：一是"心语倾诉"；二是"口语泛滥"；三是"私语呢喃"；四是"怨语充斥"；五是"秽语描述"。

---

① 陈定家：《网诗研究现场调查及其文学史意义》，《新文学评论》2016 年第 2 期。
② 见百度百科"网络诗歌"词条，https://baike.baidu.com/item/%E7%BD%91%E7%BB%9C%E8%AF%97%E6%AD%8C?fromModule=lemma_search-box，2024 年 9 月 2 日。

对于网络诗歌的现状，有研究者认为，正是网络诗歌交流娱乐化、创作主题随意化、创作心态浮躁化、语言呈现粗俗化、文本阅读表面化，造成了以下"五多五少"的现状：第一，垃圾多、精品少；第二，作者多、名家少；第三，圈子多、建树少；第四，游戏多、思考少；第五，随意多、学理少。应该说，"五多五少"的评判是及时而且中肯的，实际上这也不只是网络诗歌特有的情况，网络散文、网络小说也莫不如此。①

网络诗歌评论与整个网络文学的批评情况大体一致。尽管网络点评中不乏真诚鲜活的批评，但毋庸讳言，绝大多数所谓"网生批评"实际上不能算作真正的文学批评，也不像某些批评家所说的那样能代表当下大众的文化消费需求。总体上说，基于学理的、严肃而认真的批评实在太少，大多数跟帖只不过是即兴表达一下情绪而已。这类凑热闹的"点评"，往往口无遮拦，自说自话，或是不着边际的"相互吹捧"，或是尖酸刻薄的嘲讽与谩骂，深入作品本身的评论并不多见。因此，网络诗歌呼唤文明理性、客观公正的批评。文明理性的批评应当是建设性而非破坏性的，客观公正的批评应当是以"手术刀式"进入作品而非"凌空挥舞大棒"。网络诗歌评论毕竟是文学评论，不能把当下文坛某些"红包

---

① 陈定家：《网诗研究现场调查及其文学史意义》，《新文学评论》2016 年第 2 期。

厚度等于评论高度"的不良风气带到网诗评论圈里，吹毛求疵、辱骂庸俗、阿谀奉承，也不能套用既有的理论来剪裁网络诗歌的审美特性，更不能用简单的商业标准取代艺术标准，将文艺作品完全等同于普通商品。文艺批评的褒贬、甄别功能如果弱化，缺乏战斗力、说服力，就不利于文艺的健康发展。

第二节 ●
　　　　　　　　　　　　　　　　　　　　　　　●
网络诗歌的理论与批评 ●

　　从网络阅读的视角看，毋庸讳言，与网络小说和散文相比，网络诗歌始终是一个不太受普通网民关注的文体。一种极端的说法是，写诗的人比读诗的人还多。有鉴于此，那些对网络诗歌缺少关注的人会想当然地认为，中国网络诗歌还是处于一种自发自为的生长状态。且不说传统文论与批评家几乎没有给网络诗歌什么重要位置，就算在活跃的网络批评家的眼里，网络诗歌也始终被隐藏在一个让人无暇顾及的角落里。对于大多数传统文学研究者来说，网络诗歌有如一个无足轻重的影子部族。对于大多数网络读者来说，网络诗歌也往往只在娱乐八卦类的栏目中偶露峥嵘。

　　但实际上，网络诗歌早就引起了研究者与批评家的关注。如梁平的《关于网络诗歌的现场指认》、张清华的《"好日子就要来了"么——世纪初的诗歌观察》、尹小松的《"网络"诗歌的前世今生》、王珂的《网络诗将导致现代汉诗的全方位改变——内地网络诗的散点透视》、谢向红的《网络诗歌的优势与面临的挑战》、王本朝的《网络诗歌的文学史意义》、段新权的《网络诗歌论》、张经武的《论媒介时代新诗的裂变》、白杰和尚婷的《试论短信文学的文学合法性及其新质》、龙扬志的《诗歌的"去编审"时代》等，都是较早关注网络诗歌的力作。

一、走进学术视野的网络诗歌

2015 年 8 月 15 日，笔者登录知网，将"网络诗歌"作为"篇名"进行检索，结果表明，已有 200 多篇学术论文以网络诗歌为研究对象；若是进行"全文"检索，则有 20 多万篇论文涉及网络诗歌。我们或许可以说网络诗歌还没有得到学术界应有的关注，但断言网络诗歌还处于"自发自为的生长状态"就难免言过其实了。

更值得注意的是，一些青年学子的博士、硕士学位论文也将研究对象定位于网络诗歌，如于明秀的《缪斯和比特的相遇——网络、网络文学与网络诗歌》（首都师范大学，2002）、任洪国的《网络世界的诗语狂欢》（西南师范大学，2004）、张延文的《网络诗歌研究》（郑州大学，2006）、李广玲的《网络诗歌论》（山东大学，2006）、张晓卉的《网络诗歌论纲》（苏州大学，2007）、樊蓉的《诗歌的数字化生存——网络诗歌论》（安徽师范大学，2007）、胡昌龙的《试论网络诗歌的语言特征》（华中师范大学，2007）、杨铁军

的《从"下半身"到"梨花体"——七年网络诗歌论争观察》
（厦门大学，2008）、刘琨的《网络诗歌对传统诗歌的解构
与建构》（山东大学，2009）、范玲玲的《且行且吟——网络
诗歌的意义与存在的问题论》（河北师范大学，2010）、年薛
梅《与面具共舞——追寻网络诗歌的矛盾体真相》（河北师范
大学，2010）、王艳丽的《从同现网络观点看汉英诗歌》（山
东大学，2011）、张昊的《网络时代的博客诗歌初探》（西南
大学，2013）等。这些博士、硕士论文或许还存在着某些不
够成熟、不够深刻的方面，难以代表相关研究的最高水准，
但其选题和研究在一定程度上预示着网络诗歌的发展方向。

　　关于网络诗歌，有这样一个重要事实往往被大多数人所
忽略，那就是网络诗人们明显的"不识时务"的诗意坚守。
与日渐市场化、模式化的网络小说相比，网络诗歌恰恰因其
不受大众关注，反倒能更好地持守着网络文学最初的"心灵
书写"特色。当大多数文学文体日渐陷入名利场的酱缸时，
网络诗歌仍然保持着不失初心的清澈。如前所述，文学网络
化革命的号角首先是由诗人们吹响的，因为诗人一向是文学
世界的先知先觉者。诗歌作为文学的灵魂，在中外文学史上
始终占据着无法替代的显要地位，网络文学也不例外。从这
个意义上说，一部诗歌缺席的文学史就不成其为真正意义上
的文学史，这就如同一座没有主神的神庙就不成其为真正意
义上的神庙一样，没有内涵，徒有其表。这也是我们在撰写

中华网络文学史时就不能不提及网络诗歌史的原因。

有研究者认为，网络诗歌的大量涌现，彻底打破了诗界本来就不够稳定的既有秩序，进一步加重了现行诗歌的无序状态。但换一个角度看，网络诗歌虽然加速了旧有文化体制的解体，但也给中国诗坛带来了某些可喜的新气象。诗人各行其道，读者各行其是，这种自由自主的状态，从长远的角度看，显然是有益于诗歌生存与发展的。众所周知，20 世纪90 年代，随着商业化大众文学的兴起，纯文学日渐边缘化，文学期刊关停并转，诗歌刊物首当其冲，诗人的舞台越来越逼仄，整个中国诗坛呈现出日薄西山的落寞景象。就在诗歌濒临消亡的时刻，快速崛起的互联网有如文学王国的挪亚方舟，承担起了拯救诗歌的历史使命。尤其是大量民间网络诗刊的涌现，为穷途末路的诗人们提供了几近无限广阔的发表空间，也为热爱诗歌的读者提供了可自由选择的海量诗作。从这个意义上说，有人宣称"网络诗歌拯救了中国诗坛"，大约还不算夸饰失度之论。

与传统诗坛门可罗雀的没落景象相比，网络诗坛的确有如一片初阳微露的新大陆。在这里，形形色色的网络诗人和五花八门的诗歌网刊，共同营造了一个人气蒸腾、五光十色的鲜活世界。有学者宣称，中国当代诗歌与互联网的相遇，是"世纪之交的缪斯宿命"。对于这一宿命，不同人有不同的理解。例如，苏晓芳在《网络与新世纪文学》一书中指出："在新世纪的诗坛，网络作为民间诗歌力量的新的汇聚地，已经逐渐取代民刊而成为最重要的诗歌现场，这里不仅诞生、传播着许多新的诗歌作品、诗歌流派，也培养了一大批诗人，这里诞生的诗人、诗歌还走向纸质出版，影响波及传统文学空间。"[1] 王本朝在谈及网络诗歌的文学史意义时指出，网络诗歌具有民间性、反叛性和个人性的精神特质，在艺术上追求取材的日常性和生活化、语言的口语化和暴力性、结构的叙事性和随意性。它改变了传统诗歌的写作方式、传播方式和阅读方式，并生成了欲望的狂欢等新的诗歌美学原则。[2] 总之，网络诗歌作为网络文学的一个重要分支，在中国文学发生世纪性大变革的过程中，也同样上演了一出四海翻腾、五洲震荡的历史大戏。

张德明于 2006 年发表的《网络诗歌研究述评》一文中介绍，当时对网络诗歌现象进行研究、对网络诗歌本体加以剖析的研究者，大致可以分为两个类别：一类是学院知识分子，另一类是网络诗人和诗评家。前者多受过专门的理论训练，有比较系统的诗歌理论，他们的分析学理性强，往往能透过事物的现象看到其内在本质和规律；后者多为网络诗歌的亲历者和实践者，他们虽然没有经过专门的诗学训练，但

---

① 苏晓芳：《网络与新世纪文学》，中国社会科学出版社 2011 年版，第 197 页。
② 王本朝：《网络诗歌的文学史意义》，《江汉论坛》2004 年第 5 期。

对网络诗歌有丰富的体认，因此对于网络诗歌的理解与分析更具现场感和史料价值。前者的文章多发表在学术刊物上，后者的文章多在诗歌网站上登载。总的来说，对于网络诗歌的研究与评论，这两类人的说法各有特点，都值得我们关注，他们对当下网络时代文学创作新动向做出的及时反思，为我们全面准确了解现代科技信息时代文学的现实样态以及文学面对新的文化语境如何生存与发展等情形，提供了有效的参考。①且不论张德明等人的这类研究会在当代文论与批评史上占有什么样的地位，单从网诗史的视角来看，这种渐成规模的理论研究和学术批评，可以说对"网诗入史"这个仍然有人将信将疑的论题做了最好的诠释。

二、网络诗歌的概念与特征

讨论"网络诗歌的概念与特征"，主要目的是解决网诗的身份问题。也许有人会认为"网络诗歌的身份"是"一个不是问题的问题"，但实际上，有不少学者在诗学上反对"网络诗歌"这一提法，其重要原因之一是他们认为并不存在与传统诗歌本质不同的"网络诗歌"。值得注意的是，持这种意见的有不少人是"网络诗歌"的亲历者和参与者。这

---

① 张德明：《网络诗歌研究述评》，《诗探索》2006 年第 1 期。

些人对"网络诗歌"是否是一种带有"网络标志"的诗歌，即网诗是否具有显著的网络特征，深表怀疑。例如，对网诗有专深研究的王璞指出，桑克、胡续冬等人的部分作品往往带有超文本和多媒体的实验特色，但桑克等人更愿意将这种诗歌称为"网络体诗歌"。而王璞则"乐于从现象学的意义上使用'网络诗歌'一词，虽然可能有混淆不清之嫌，但我认为，这样可以使'网络诗歌'这一概念更开放、丰富，也始终面对未来发展的多种可能性，而且可以将'网络诗歌'还原到这一概念所产生的历史语境中进行分析"①。

　　和网络文学的概念一样，网络诗歌这个概念通常也有广义与狭义之分。有一种意见认为，广义的网络诗歌是"所有以诗歌形式出现并借助网络媒体进行传播的文字"。这个定义遇到的最尖锐的非议是，如果诗歌只要在网络上出现就可以归入网络诗歌的范畴，那么被搬上网页的《离骚》《将敬酒》等古典诗歌岂不也变成了网络诗歌？但是，"在网络上传播的一切诗歌都可以理解为网络诗歌"，这个看似荒谬可笑的说法，如果从传播媒介的视角看，它的合理性就凸显了出来。为了区别于书面传播和口头传播的情形，人们将在网上传播的诗歌定义为"网络诗歌"似乎也有一定的道理。当

---

① 王璞：《对"网络诗歌"的初步考察和研究》，2017 年 6 月 3 日，https://max.book118.com/html/2017/0603/111311957.shtm，2024 年 9 月 2 日。

然，如果从传统创作论的视角看，"广义的网络诗歌"这个概念是难以让人接受的。于是，有研究者提出了所谓"狭义的网络诗歌"的定义："直接在网络上创作并主要或者率先以网络为渠道传播的诗歌，即由网民在电脑上创作，通过网络发表，并由其他网民进行阅读、参与评论的诗歌作品。"①

关于何为网络诗歌，著名诗评家吴思敬的定义在网络上流传最为广泛。他说："广义的网络诗歌是从传播媒介角度来说的，一切通过网络传播的诗作都叫网络诗歌，它既包括文本诗歌的网络化，即把已经写好的诗作张贴在电子布告栏上，也包括直接临屏进行的诗歌写作。狭义的网络诗歌则着眼于制作方式，指的是利用电脑的多媒体技术所创作的数字式文本。这种文本使用了网络语言，可以整合文本、图像、声音，兼具声、光、色之美，也被称为超文本诗歌。超文本诗歌与印刷媒体相比，有两个明显特征：一是多媒体，这是基于网络特有的媒介特质，通过电脑技术把声频、视频与文本结合起来，构成一种全新的网络语言。二是多向性与互动性，也就是说文本包含了多向发展的可能性，点击不同的按键会读到不同的版本；读者也不再是单纯的看客，而是可以参与到创作的过程中来，与作者共同完成作品。"② 吴思敬是

---

① 孙玉桃：《网络诗歌》，欧阳友权主编：《网络文学词典》，世界图书出版广东有限公司，第43—44页。这个定义与杨雨的《网络诗歌论》、梅红等的《网络文学》等相关文献对"网络诗歌"基本内涵的认识大体是一致的。
② 吴思敬：《新媒体与当代诗歌创作》，《河南社会科学》2004年第1期。

中国诗论与诗评界举足轻重的人物，在学院派的纷争中，他的上述言论，在一定程度上具有定调的作用。

在所谓"文学消亡、诗神退隐"的背景下，诗人群体纷纷涌向由数字化虚拟技术支撑的赛博空间，他们真的能在这里找到诗歌复兴的新大陆吗？有研究者认为网络诗歌将给出肯定的回答。1998 年第 1 期的《当代作家》发表了杨晓民的《世纪之交的缪斯宿命：网络环境下的诗歌写作》，这使网络诗歌受到了部分研究者和批评家的深度关注。此前的"网络诗歌一直自生自灭地成长着，直到青年学者杨晓民提出'网络诗歌'的命题，一场'关于网络诗歌定义的探讨和界定'才轰轰烈烈地讨论起来"[①]。

在众多有关网络诗歌的讨论中，究竟如何界定网络诗歌，是一个既纠缠不清却又无法绕开的问题。有些学者认为，网络诗歌就是以网络为载体进行写作、发表和传播的诗歌，网络既是诗歌的载体形式，也是诗人的生存方式、诗歌的传播方式和读者的阅读方式。也有学者认为，网络诗歌的概念大致可以归纳为：在网络上创作并通过网络发表的、可以获得广泛迅速阅读与交流的网络原创性诗歌作品。诗人艾若也认为，网络诗歌就是首发于各大网络诗歌论坛、诗歌电子网刊上的诗歌作品。王璞甚至认为，网络诗歌是当代诗人

---

① 梅红等编著：《网络文学》，西南交通大学出版社 2010 年版，第 162 页。

"想象诗歌的一种重要方式":"新的一代,当他们在线时,当他们进入这种诗歌交流和交往时,虽然它是虚构的,但他们却从中认识到诗歌的意义,认识到自我和诗歌的相互需要。'网络诗歌',或曰,在'网络'的关联中想象诗歌,已经成了当代想象诗歌的一种重要方式;这时,借用本雅明的说法,诗歌本身已经有了一些'新东西'了。"[1]

有关网络诗歌的命名及其相关研究与评论在学术界产生了较大影响,以至于有不少博士、硕士以网络诗歌为学位论文的研究对象,例如张晓卉的《网络诗歌论纲》、张昊的《网络时代的博客诗歌初探》等。据考证,网络诗歌这一概念可以追溯到诗人杨晓民于1997年发表的《网络时代的诗歌》一文。《当代作家》于1998年转载时,将这篇文章改名为《世纪之交的缪斯宿命:网络环境下的诗歌写作》。之后,《诗刊》《星星》《中外期刊文萃》《中国青年报》《北京晨报》《文摘报》《中华读书报》先后进行转载或选摘,使"网络诗歌"变成了一个引人注目的诗坛热词。因此,有评论认为:"诗人杨晓民以其敏锐的理论前瞻和对于诗歌的由衷热爱,率先在大陆将网络诗歌这一概念推到了文学评论的前沿。《网络时代的诗歌》一文是大陆最早论述互联网时代诗歌特质和发展走向的论文,是网络诗歌最初的自觉的理论建

---

① 陈定家:《网诗研究现场调查及其文学史意义》,《新文学评论》2016年第2期。

构。该文的发表在中国文艺界引起了较为强烈的反响。诗评家们称《网络时代的诗歌》一文从'理论上揭开了中国大陆网络诗歌甚至是网络文学的序幕'。"[①] 在这篇充满浓重的思辨色彩和理论激情的论文中，杨晓民解构了20世纪90年代的文本诗歌，着意建构信息时代"网络诗歌"崛起的新世纪图景，在一片废墟瓦砾中重构新诗的华美大厦。至于两者之间是否构成真正意义上的"对接和转换"，还有待深入思考，暂且悬置一边。诗人对"网络诗歌"最初的理论思考却如空谷幽兰，是极其可贵的理论表述。杨晓民指出："网络世界的普及，特别是网络的开放性、游戏性、参与性、交互性，又为诗歌彻底打通走向大众之路开辟了一个新的视野——为现行诗歌的转换提供了可能，为大众阅读、写作、批评诗歌开辟了无限的前景。"[②]

关于网络诗人的说法，并不比网络诗歌简单。"诗歌报"网站站长小鱼儿认为，"网络诗人"是一个崭新的群体。与传统诗人相比，网络诗人主要有如下三大特征：一是他们的诗歌作品的主要传播途径是网络而不是传统的诗歌刊物；二是他们直接从网络上起步，开始诗歌写作，而不是其他的方

---

① 张晓卉：《网络诗歌论纲》，博士学位论文，苏州大学2007年，第1页。
② 杨晓民：《世纪之交的缪斯宿命：网络环境下的诗歌写作》，《当代作家》1998年第1期。

式；三是他们主要是在网络上得到承认与推崇。[①] 诚如所言，"网络诗人"是一个崭新的群体，他们带给诗歌界更多、更及时的、随意化的、性格化的诗歌作品。只有在网络上，他们才能凸显出作为网络诗人的不同特点，有许多作品的主题与用词习惯都带有明显的网络烙印。

三、网络能否"拯救中国诗歌"

"网络的出现，终于让诗歌从抽象的神坛走向平民化、大众化，还原了诗歌本来的面目。但在网络上发表诗歌的自由性和随意性，使得网络诗歌的品质良莠不齐，这是不能不令人担忧的。因此，许多传统诗人、诗评家一直不愿意承认网络诗歌归属于诗歌的事实，也不愿意承认网络诗歌是现代诗歌的一部分。但是，网络诗歌却以欣欣向荣的生命力持续蓬勃地发展壮大着，并且以其特有的大众化、时效性、互动性、传播广泛等优势在网络上落地生根，结出越来越多的硕果。显而易见，网络诗歌已经成了当代诗歌发展无法回避的一大趋势。"[②]

"我们可以说网络的出现为网络诗歌铺了一条通向自由

---

① 小鱼儿口述、杨秀丽整理：《小鱼儿答城市诗人社问》，2006 年 6 月 28 日，http://www.shigebao.com/html/articles/city06/1803.html，2024 年 9 月 2 日。
② 张玉：《自由者之歌——试论当下网络诗歌的发展现状》，《四川教育学院学报》2011 年第 4 期。

的道路，而网络诗歌的出现，也充分体现了网络对于文学的辅助和繁荣功效，在现代诗歌发展的转折阶段，网络诗歌无疑成了众多发展趋势中最强劲的一支队伍，也成了现代诗歌最终趋向的一个鲜明的归属。"① 马铃薯兄弟认为网络"改变了诗歌的病弱状态"，"拯救了中国诗歌"。"这样的说法虽然有些夸张，但是，我们不能不承认，在网络诗歌出现的这十几年时间，大量的诗歌作品涌现在网络上，大大地丰富和拓展了诗歌的空间，也给以前固有的诗歌体系带来了一丝生机和新鲜的空气。我们不难看出，这样的结果给原本销声匿迹的诗歌带来了活力，在传统诗歌萎靡的今天，网络诗歌无疑充当了一支强心剂，给中国的诗歌领域注入了生机。然而，网络诗歌自身的弱点与缺陷也是显而易见的。因此，网络诗歌将何去何从，它能否克服自身存在的问题，走上良性发展的轨道，我们将拭目以待。"②

早在 1998 年，美国加州大学教授杜国清就预言："国际网路势将改变人类未来的生活方式和思考方式。"因而可能产生出"一种新的国际网路诗学"，"（诗人）利用电脑掌握天下资料，再进而运思谋篇，将是今后诗人写诗的创造方式。……在诗人的想象操作与电脑回应的双向互动中，产

---

① 张玉：《自由者之歌——试论当下网络诗歌的发展现状》，《四川教育学院学报》2011 年第 4 期。
② 张玉：《自由者之歌——试论当下网络诗歌的发展现状》，《四川教育学院学报》2011 年第 4 期。

生出各种繁复多样的艺术造境，而使电脑网路的创作发挥象征表现的最大限度的可能性，同时也使创作成为诗人与电脑对话互动，而在自由自在的电脑操作中发挥最大限度的想象力"①。针对杜先生这种令人振奋的描述，有研究者提出了这样的"质询"："网络世界固然可以让诗人享受到言论自由的最大快感和声光无穷变幻的乐趣，可是'极尽声色的耳愉目悦'并不能和'神与物游''摇荡性情，形诸舞咏''俯仰自得，游心太玄'的艺术运思的美妙等量齐观吧？即使网络像佛教的'因陀罗网'一样给我们创造了一个天下大同、资源共享的'极乐世界'，能够（在）鼠标所向之处，'观古今于须臾，抚四海于一瞬'，但是'信息'不等于艺术创作的才情、知识、想象力和良好的艺术直觉，更不等于'人生智慧'和'生命境界'。技术的进步，信息资源的占有，并不能保证现代人能创作出比前代人更优秀的诗。电脑网络对诗创造的影响是要通过诗人、诗歌发表的场域——诗网站等诸多中间环节达成的。夸大'网络'对艺术灵感的激发、拓展艺术想象力空间的作用，构筑艺术疆域里新的'技术神话'使我们隐约闻到了一丝技术文明崇拜和迷恋的气息。"②

应该说上述"质询"合情合理，但质询者的问题意识和

---

① 杜国清：《网路诗学：21 世纪汉诗展望》，《东南学术》1998 年第 3 期。
② 胡慧翼：《向虚拟空间绽放的"诗之花"——"网络诗歌"理论研究现状的考察和刍议》，《诗探索》2002 年第 1—2 辑。

反思精神都铭刻着传统文学观念的鲜明印记。毕竟，网络诗歌与传统诗歌最大的差异是其超文本特征和多媒体特色。这在相关研究领域已取得了不少颇有分量的著述，如黄鸣奋的专著《超文本诗学》，又如陈仲义的论文《"声、像、动"全方位组合：台湾新兴的超文本网络诗歌》等。在众多著述中，对网络诗歌特点的研究可谓内涵丰富、形式多样。如杨晓民关于"超文本诗歌"特征及网络诗歌"革命意义"的表述精辟精彩、简明扼要，具体包括：（1）修复了诗歌与现实的关联，拆除了诗歌通向大众的屏障；（2）对现行诗歌文体进行了颠覆；（3）巨大的交互性，取消了诗人和大众（读者）的界限；（4）语言游戏的狂欢庆典；（5）语言的平面化、公共性；（6）平等原则，确立了诗歌新的游戏规则。[①] 谢向红对网络诗歌所表现出的独具个性的文体特征的归纳也是句句中的，令人印象深刻，包括：（1）创作主体的虚拟化；（2）创作过程的交互化；（3）艺术媒介的多样化；（4）文本载体的数字化和传播方式的网络化；（5）阅读方式"机读化"。[②] 类似这样的归纳与综论难以尽述，不过，研究者大多以传统诗学作为立论的参照系统。

值得一提的是，与传统诗歌相比，网络诗歌具有更为鲜

---

① 杨晓民：《世纪之交的缪斯宿命：网络环境下的诗歌写作》，《当代作家》1998 年第 1 期。
② 谢向红：《网络诗歌的优势与面临的挑战》，《河南社会科学》2004 年第 1 期。

明的标新立异特色。网络诗歌充盈着饱满的"另类"思想性，在创作上的一个突出表现是其表述的"无忌度"。"无忌度"是王学海在描述网络诗歌创作特征时提出的一个概念，或许可以理解为毫无限制的"个性的申张与快乐的自慰"。按照王学海的说法，在传统文学语境下，无忌原本是诗文之大忌。而今天在网络诗歌中，我们才看到了这被尘封已久的"童真"。例如，郁颜在《树林》中写道："终于，有一天／当我们相互对视时／我们，会幸运地看见／那样久违的卑微和柔弱……"那些不敢说出的真话，可以以诗代言，互联网为每个人提供了前所未有的自由表达的便利。原来人性中的卑微与柔弱，是现实的真实，它不应该总是被当作批判的靶子。换言之，卑微与柔弱，从另一种角度论，正是人性的真实与可信，如果说人人都崇高与坚强，那才是真正的谎言。"也许，等到没有光线／也没有鸟声时，我才会变得饱／满"。对此，王学海认为："清除语言的垃圾……真正的自然本色，才是为诗人所赞美的。无忌度让我们看到，历史的维度在这里被纠正了标尺的误点；全球性的视野在这里被还原到了一个人真实的水准之上；辩证的意识，在这里才被尝到没有水分的干货。于此，当代文化的生成与机制新运，在诗人的无忌度下才有了现实关怀的真实基础。"[1]

---

① 王学海：《个性的申张与快乐的自慰——对新世纪网络诗歌的浅见》，《文艺争鸣》2010 年第 7 期。

网络诗歌领域另一个值得注意的现象是诗评家陈仲义所说的"概念过剩"。诗歌一向享有时代文学之"旗帜与号角"的美誉，但旗帜过多，号声杂乱，这就未必是好事了。不少诗人在网络上高举旗帜，乱吹号角，不断发布样式纷繁的流派宣言和诗学见解。特别是在 1999 年以后，新名词如过江之鲫，新概念铺天盖地，诗歌领域奇特名词、古怪概念的锻造技术之"精良"、生产机制之"高效"，即便是那些以吹牛说瞎话为职业的"标题党"也不得不甘拜下风。中国诗歌"语不惊人死不休"的优良传统固然值得发扬，但这种在审美创造方面务必精益求精的精神，却不应该被用在与审美创造背道而驰的方面。

研讨专题

1. 网络诗歌有哪些特点？它们与传统诗歌有何联系与区别？

2. 请联系具体诗人与诗作，谈谈网络诗歌早期的发展情况。

3. 如何从文学史的视角看待网络诗歌？

4. 网络诗歌论争的主要论题有哪些？这些论争的理论意义何在？

5. 如何理解网络诗歌领域的"概念过剩"？概念化现象对网络诗歌创作有何影响？

拓展研读

1. 张德明:《网络诗歌研究》，中国文史出版社 2005 年版。

2. 杨雨:《网络诗歌论》，中国文史出版社 2008 年版。

3. 吕周聚、曹金合、胡峰等:《网络诗歌散点透视》，中国社会科学出版社 2015 年版。

4. 苗雨时:《临风绽放的玫瑰——当下网络女性诗人论》，花山文艺出版社 2019 年版。

第五章

/Chapter 5/

临屏起舞：网络文学的
阅读与传播

在中国社会科学院文学研究所一年一度发布的《中国网络文学发展研究报告》中，网络文学的阅读与批评一直是课题组关注的核心内容之一。网络文学作为当代中国文学的重要组成部分，在当代文学的继承与发展过程中发挥着越来越重要的作用。它不仅包含着丰富的文学类型和风格，而且能高效运用传播与阅读的新型媒介，其读者／粉丝群体数量之大更是史无前例、世所罕见。2018 年前，依托移动网络流量红利，网络小说的手机阅读深受广大读者喜爱，尤其是跟随互联网一起成长的所谓 Z 世代读者，将"弃书读屏"时尚变成了文学消费之日常。相关调研数据表明，网络文学用户人数从 2015 年的 2.6 亿快速增长至 2018 年的 4.3 亿，年复合增长率达 18.3%。2019 年前后，多个免费阅读平台上线，吸引大量下沉市场用户，快速增加了行业用户数量。

根据中国互联网络信息中心发布的第 55 次《中国互联网络发展状况统计报告》，截至 2024 年 12 月，我国网民规模达 11.08 亿人。① 根据历年调研数据，网络文学阅读者人数大体为全体网民数量的一半。"2022 年，在行业政策和市场引导、社会综合治理、平台和作者的自觉自律之下，网络文学的主流化程度显著提升，继续保持了强大的社会影响力。截止到 2022 年底，网络文学用户规模达 4.92 亿，网络文学作家数量累计超过 2278 万，延续了读者和作者的年轻化趋势。现实题材和科幻题材创作持续走热，脱贫攻坚和乡村振兴、中国制造、科教兴国、'非遗'等优秀传统文化传承、'一带一路'等社会重大发展战略成为网络文学讲好中国故事的重要内容。144 部网文作品入藏国家图书馆，10 部网文的数字版本入藏中国国家版本馆；网络文学海外访问用户规模突破 9 亿，16 部中国网文被大英图书馆收录。琳琅满目的精品佳作和便捷的传播形式在助力全民阅读的同时，也向世界展示着可信、可爱、可敬的中国形象，网络文学的综合影响力抬升到新的高度。IP 转化呈现出整体稳健、形式迭代、路径创新、持续发展的综合特征，在向精品化、高质量目标迈进的同时，不断突破原有路径，转化形式更加多元，成为文化产业的强劲增长点。"②

---

① 　中国互联网络信息中心：《中国互联网络发展状况统计报告》，2025 年 1 月 17 日，https://cnnic.cn/NMediaFile/2025/0221/MAIN17401264462778YQQ4JER3S.pdf，2025 年 3 月 13 日。

② 　中国社会科学院文学研究所《2022 中国网络文学发展研究报告》课题组：《2022 中国网络文学发展研究报告》，2023 年 4 月 11 日，https://www.cssn.cn/wx/wx_xlzx/202304/t20230411_5619321.shtml，2024 年 8 月 26 日。

第一节 ●
　　　　　　　　　　●
读者需求：网络文学的第一推动力 ●

　　20 世纪与 21 世纪之交，中国文学经历了两次脱胎换骨式的重大转型，一次是市场化变革，一次是数字化生存。从一定意义上说，网络文学正是当代文学市场化和数字化融合的结果。市场化，使得文学的生产与消费开始从"作者中心"转向"读者中心"，文学"产品"的话语权由"卖方市场"转向"买方市场"，作品是否有价值，主要由读者说了算。评论家夏烈指出，影响网络文学的第一种力量是受众，也就是读者、用户。我们过去把纸质时代的阅读人群叫读者，现在实际上都是用户或粉丝。① 他认为网络小说主要是读者文学、读者小说，也可以说是完全为读者感受而创作的小说。这也说明网络文学是典型的市场化、商业化文学的一种，而重要的是，互联网技术和平台放大了这种为读者之好恶而写作的可能乃至必要。②

① 夏烈：《中国网络文艺的常识与趋势》，浙江工商大学出版社 2020 年版，第 98 页。
② 夏烈：《中国网络文艺的常识与趋势》，浙江工商大学出版社 2020 年版，第 101 页。

为了读者的需求，为了用户的需要，网络文学"一条龙服务"的产业链自然而然地延伸到了图书、影视、游戏、动漫等行业。网络写作作为 IP 开发的创意产业源头，写什么和怎么写，都得首先考虑作为用户的读者或粉丝的喜好。毕竟，"用户至上""顾客就是上帝"，是一切市场化生产与消费活动的基本商业规则，参与市场化运营的网络文学当然也要遵循"读者至上"的原则。换言之，网络读者作为网络作家的"衣食父母"，他们有权利要求获得相应的服务与回报。

既然参与市场竞争，网络作家与商家就必然要承担竞争带来的后果。为了在内卷严重的市场中占据一席之地，作家与商家必须大力拓展用户喜闻乐见的业务，因为这是市场化生存与发展的必然选择。在 2015 年前后，IP 开发逐渐成为网络文学拓展业务范围的重要渠道，此后网络小说转化的模式和路径不断升级。作为文学价值的"放大器"，IP 改编这一产业转化的重要路径，渐渐变成了网络文学产业的主力资源。在这种背景下，从传统"阅读"的读者中渐渐衍生出越来越多的媒体"观看"用户，网络文学"受众"的消费模式正在朝多样化方向迅猛发展。

在网络文学消费侧，一方面，免费与付费阅读呈现出共同繁荣的新局面。各平台的付费用户数量、付费收入金额持续跃升的同时，免费阅读量也在持续增加。据第三方数据机构"易观数据"统计，2022 年免费网络文学平台的"日活用户数"同比增长 3.5%；同时，付费阅读重回高增长轨道，起点读书 2022 年 12 月的付费"月活用户数"同比上涨 80%。

另一方面，IP 转化呈现出整体稳健、形式迭代、路径创新、持续发展的综合特征。首先，在影视行业"减量提质、降本增效"的背景下，网络文学的影视化向着精品化、主流化、高质量发展的目标迈进。从题材上看，既有现实、都市、古偶等主力改编题材，也开辟了科幻、悬疑、玄幻等潜力赛道；就形式而言，影视改编的市场热度和活力继续增强，有声、动漫、游戏、剧本杀、短剧和衍生品等多形式的产业转化不断突破原有路径，凸显了网络文学在产业活力、价值引领和长尾效应等方面的巨大潜力。其次，付费模式产生的网文在精品 IP 孵化方面效率更高，催生的产业价值更大。公开数据显示，腾讯视频 2022 年热度榜单 TOP10 中，有 60% 的电视剧改编自付费网络文学作品；优酷 2022 年热度榜单 TOP10 中，有 50% 的电视剧改编自付费网络文学作品；而爱奇艺的 2022 年热度值总榜 TOP10 中，则有 30% 改编自付费网络文学作品。

在由中国经济信息社编制的《新华·文化产业 IP 指数报告（2022）》发布的"2022 年新华·文化产业 IP 价值综合榜 TOP50"中，原生类型为"文学"的 IP 有 26 个，占比为52%，其中超八成为网络文学。《斗罗大陆》《斗破苍穹》均跻身 TOP5，网络文学在高价值精品内容输出供给方面具备强大的造血能力，已成为新的行业共识。在2022年爱奇艺、腾讯、优酷等各大视频平台的热度榜单中，《雪中悍刀行》《苍兰诀》《天才基本法》《与君初相识》等根据网络小说改编的剧集占50%；超过半数的国产动画番剧改编自网络文学 IP。

与此同时，IP 转化正在从先影视、后动漫游戏、最后衍生品的传统链状模式向更活跃、更自由的环状赛道迭代。IP 作为互联网文化产业生态的核心，开始释放跨界联动、多向度转化的活力。继《斗罗大陆》《斗破苍穹》作为"国漫双斗"等头部网络文学 IP 打破链状模式之后，动漫《星域四万年》由网络文学作品直接改编；动画《明日方舟》则由同名游戏改编而来；《诡秘之主》则在推出影视、动漫和游戏之前，前置进行了 IP 的视觉规划，推出了指偶、徽章等周边衍生品等，网络文学 IP 的产业价值在转化模式的迭代中表现出了艺术门类的高适配性和产业规划的强辨识度。

据易观数据统计，2022年，包括出版、游戏、影视、动漫、音乐、音频等细分赛道在内的中国网络文学的 IP 全版权运营市场，整体影响规模超过2520亿元。预计到2025年，网络文学 IP 改编市场价值总量将突破3000亿元。

网络文学积极探索 IP 改编的"长线打法"，中华优秀传统文化、活力满满的当代流行文化以及浓郁饱满的民间烟火气成为网文 IP 转化的深层次支撑。一是文化视角让"中国式"成为"新国潮"。根据同名小说改编的剧集《雪中悍刀行》深度解码中国武侠精神,在江湖故事与东方美学的融合中打动观众,获得了超过 60 亿次的播放量;由《驭鲛记》改编的《与君初相识》以仙侠文化为价值核心,为玄幻故事找到了文化阐释的途径。二是融入当下的社会文化和流行文化,现实性、科技感、高概念等文化元素使网络文学 IP 的转化更加多元。《谢谢你医生》中的医疗事件、《天才基本法》中的平行世界、《开端》中的时间循环等要素既是文化映射,也是大众文化的内容增长点。三是吸取民间文化和非遗元素的精华,"悬疑+历史"的网络剧《风起陇西》、"悬疑+民俗"的网络电影《老九门之青山海棠》等影视剧在类型融合中延伸了 IP 的影响力。

网络文学 IP 的转化周期既是互联网文化产能的晴雨表,也是 IP 价值和辨识度的重要表征。2022 年,网文 IP 的转化周期呈现出"一短一长"的双向特点。首先,单个、单次的 IP 开发周期不断缩短。影视化方面,2021 年的影视热剧多改编自 2016—2017 年完结的网文,而 2022 年度的《开端》《天才基本法》《星汉灿烂》等爆款剧集均改编自 2019 年后完结的作品,开发周期大大缩短。有声剧方面,阅文旗下 3000 余部 IP 有声剧上线,其中大部分在连载期间就进入开发流程，《灵境行者》上线 2 个月播放量破亿次，《夜的命名术》上线 5 个月播放量破 2 亿次，提质增效的精品化趋势显现。

其次，头部爆款 IP 的系列化开发周期变长。2022 年，网络文学 IP 转化表现出"文漫融合"的系列化开发趋势，《2022 中国网络文学发展研究报告》显示，入榜的动漫 IP 中，经典动漫续作占比高达 75%。《斗破苍穹》《星辰变》等网络小说的发表时间距今都已超过十年，2022 年其新番动画的总播放量分别达 185 亿和 40 亿，成为当之无愧的爆款 IP。而在"2022 年新华·文化产业 IP 价值综合榜 TOP50"中排名第一的《斗罗大陆》从 2008 年开始连载，至今已逾15 年，它在有声、动漫、影视、游戏等下游产业的综合转化成就了头部 IP 的系列化开发，同时也展示出 IP 转化在系列化、精品化中的重要经验。

如何看待网络文学从"阅读"转向"观看"这一历史性变革的结果及其文学史意义，对于文艺理论来说，这仍然是一个有待深入探讨的重要问题。

从传统文论的视角看，文学史是研究文学发展历史的科学，它与文学理论、文学批评同属文艺学的范畴。文艺学之"史、论、评"都以文学活动为研究对象，是研究文学现象及其发展规律的科学。但有趣的是，古往今来的文学史，几乎都是以作家、作品为中心的，很少有人会把真正推动文学发展的"读者"放在一个应有的高度来讨论。尽管"以读者为中心"的接受美学和读者反应批评等理论曾盛极一时,但落实到具体的文学实践过程中,研究阅读、理解读者,却一直是当代文学史写作中的薄弱环节。由是之故,文学阅读在过去的大多数文学史著中往往是一个无人问津的盲区。直到 20 世纪 90 年代,文学市场化观念渐渐被大多数人接受之后,作为"沉默的大多数"的读者,才开始受到理论家和批评家的关注。随着文学产业化、网络化的风生水起,作为精神消费的文学阅读,对文学创作的影响越来越明显。在唯点击率马首是瞻的网络文学写手那里,读者就是"衣食父母",粉丝拥有"生杀大权"。这大约也是这些年,粉丝经济、粉丝文化频繁成为热点问题的一个重要原因。事实上,网络文学娱乐化、产业化、类型化等重要特征,均与其"阅读"及"评论"密切相关。因此,研究网络文学现象及其发展规律时,网络文学的"阅读"与"批评"理所当然在其相关著述中占有一席之地。

如前所述,网络时代,人们在阅读方式上面临着更多的选择。仅就电子阅读器而言,层出不穷的款式简直令人眼花缭乱,例如文石 BOOX 阅读器、OPPO Enjoy 阅读器、EDO 小欧电子书、翰林电子书、WeFound 文房电子书、盛大 Bambook 锦书、Foxit Eslick 福昕电子书、Readius 掌上电子阅读器、Astak Mentor、BeBook Reader、汉王电纸书、易博士电子书、STAR eBOOK 阅读器、GeR2 阅读器、Kindle 阅读器、Cybook Gen3 阅读器、FLEPia 阅读器、Hanline Reader 阅读器、Sony Reader 阅读器、爱国者百看网络电子书 EB800A、ILiad 阅读器、LIBRIé 阅读器……众多电子产品开发商，真可谓神通广大，"只有你想不到的，没有他们办不到的"，当然，上述许多产品在升级迭代过程中已被淘汰。2024 年流行的阅读器从掌阅 iReader 系列、科大讯飞智能办公本、BIGME inkNote Color、BOOX Note 系列、小米 ProII 电纸书等，到支持"语音识别"的科大讯飞智能办公本，再到彩色墨水屏的掌阅 iReader Color7，每一款都有其独特的亮点。这些产品不仅在技术上进步明显，设计也更加人性化，因而阅读也变得更加轻松自如。

有了这些阅读神器，读者能免受奔波于图书馆、资料室的劳累，随时随地，手指一动，所需要的相关资料就能立刻悉数呈现眼前。当阅读器通过技术的革新最终跨越纸书这道门槛之后，人们只需把想看的图书（无论厚薄）下载到小巧的阅读器上，便可以随时随地享受数字阅读的便利和魅力。2006 年，就有专家指出，"未来电子书发展将呈现四大趋势——多元并存、图书馆和大众市场互为促进、出版社成立专职机构推进网络出版机制、e 纸一体化"，"除纸书之外，电子书、移动电子书、多媒体电子书、按需印刷、按页打印等新兴图书形式已经开始并行发展"[1]。

网络时代之前的文学消费空间固然常常与书斋、书店、图书馆有关，但自由的想象却可以超越时空的局限。在传统文化背景下，读书如交友，白头如新，倾盖如故；知音激赏于同心相印，缘分多来自同气相求。然而，人际情缘，鬼神难测，有人感叹说："山上石多珠玉少，世间人稠知音稀。"读书的情形也是如此。深得我心的著作原本不多，更何况其中大多数还有可能在不经意间擦肩而过。有时，为了求证一句记忆模糊的话语，遍寻书斋与脑际，最后还是无果而终。网友南来风读刘宝昌的《戴望舒传》后记时，一句"千江有水千江月，万里无云万里天"似曾相识，他却怎么也想不起在什么时候什么地方读过。一阵无谓的翻箱倒柜之后，他倍感无知无助而心绪茫然。最终只好求助"万能的万维网"，果然是有问必答，有求必应。后来，诗句中的玄理禅机渐被忘却，但"千江月"与"万里天"作为网络博大精深的绝妙写照，却给他留下了难忘的印象。

2008 年秋天的某个下午，笔者在商务印书馆的涵芬楼读到法国学者让·马里·古勒莫的《图书馆之恋》封底上的一段话："在常去的图书馆里，我们在他人的目光注视下阅读。阅读常常让我们置身于一种缺席的状态，一种精神上的

---

① 李冰:《在"2006 北京国际出版论坛"上的演讲》, 2006 年 8 月 28 日, http://cn.chinagate.cn/news/2006-08/28/content_2354416.htm, 2024 年 9 月 2 日。

别处，比周围的世界更加真实。阅读时我们忘记了投射在自己身上的或愉快或不以为然的目光，也逐渐忘却了身体的束缚。被书吸引的读者完全沉醉其中……长久以来，我都乐于相信黎塞留路的图书馆是一个理想之地，不会受到世间沧桑和偶然事件的影响，是一个安宁的避风港。能够被它接纳，我感到骄傲和幸福。我曾经半开玩笑地说，对我来说，这个图书馆就是天堂存在的证据。"① 若是几年前，笔者一定会当即买下这类"相见恨晚"的书籍。但从那时起，购书的冲动就被网络免费下载的诱惑遮蔽了，因为笔者要先到网上查一查相关信息。结果，笔者马上在好几个网站里找到了令自己怦然心动的那几段文字。

如今，网络已成为我们生活中必不可少的一个组成部分，阅读生活自然也随之发生了巨大的改变。对于大多数年轻人来说，现在看新闻，是在网上的各大门户网站看；读书，是在网络上的数字图书馆、网上书店读；听音乐，是在网上随手拈来听。大多数人的购书欲望急剧消退。20 年前，笔者提出"弃书读屏"时，有人断言这种时尚不会长久，如今看来，这是时代潮流，谁也无法抵挡。

早在 20 世纪末，就有人惊呼，越来越多的读书人不再到书店买书了！有人回应说："真要买书，也得看看价钱。现

---

① 让·马里·古勒莫：《图书馆之恋》，孙圣英译，华东师范大学出版社 2007 年版，"封底"。

在的书良莠不齐不说，价格也太高了，一般爱书的工薪阶层真难以承受……在网上，好书的电子版就便宜多了，相比较而言，还是在网上看要划算啊！有些书还可以免费阅读，何乐而不为呢！林林总总的网络书店、数字图书馆为我们提供了更多、更好的选择。对于实体书而言，实在是一种严峻的挑战。"[①]

"报载，现代人每天只有15分钟至一个小时的时间去看书看报纸了。但是每天上网的时间却日日飙升，工作在网上，游戏在网上，看书阅报也挪到网络上了。工作和生活衔接得越来越紧密，已经没有时间去放下一切，安安静静地看一会儿日渐泛黄的纸质书了。对此，我们是该高兴还是忧伤呢？其实，拿着墨香盈盈的纸本书，在黄昏、午夜灯下，在清静的一隅默默品味，像一个老人一样品味世事沧桑，或者独自领悟古往今来的爱情，思考最伟大的猜想，是一件非常惬意的事情。即使是21世纪的网络时代也一样惬意！只是现代人没有时间去享受而已。"[②]

尽管这个时代还有许多人像古勒莫先生那样深怀"图书馆之恋"，而难以告别心灵自由的"天堂"和"安宁的避风港"，但是，青山遮不住，毕竟东流去。原子的冰川正纷纷

① 沉舟：《网络时代的阅读生活》，胡晓华主编：《鸡毛蒜皮与幸福》，内蒙古人民出版社2006年版，第179页。
② 沉舟：《网络时代的阅读生活》，胡晓华主编：《鸡毛蒜皮与幸福》，内蒙古人民出版社2006年版，第179—180页。

融化为比特之流，人类智慧的万涓泉水终将汇入数字化海洋，无纸化阅读已成不可逆转之势。如今，互联网确已成为一个藏书最丰富的超级图书馆，成了信息和知识最大的储存站和效率最高的集散地。早在 20 世纪就有人宣称，网络已经或即将成为世界上最大的精神生产和文化消费领地，无须多说，这是势必如此且不容怀疑的事情。事实上，与网络相比，即便是世界上最大的图书馆——美国哥伦比亚特区的国会图书馆，又算得了什么，它不过如同一条流向网络汪洋大海的小溪而已。

与任何图书馆都不可同日而语的是，互联网是一个由比特打造的虚拟图书大世界，它既无重量也无限量，无影无形，无边无际。只要读者的 PC（个人计算机）连线上网，无论何时何地，那无边的虚拟空间中的海量书籍、图像、声音、视频都将任人驱使、听凭召唤。而且，这些由比特组成的书籍具有"火烧不热，水浇不湿"的特性。自从书籍问世以来，有多少珍贵的典籍毁于无情水火，谁也无从知晓，但历史上许多大型图书馆在各种天灾人祸中灰飞烟灭的惨痛教训却令人刻骨铭心。在"中华上下五千年"的历史长河中，尽管祖先为我们留下了大量金镂石刻的钟铭碑雕，但那些坚硬的书写材料信息贮存容量毕竟有限。大多数光辉灿烂的文化瑰宝难逃被粉碎、被焚烧、被掩埋、被毁灭的命运，即便有无数的藏经洞或储经阁，能够青史留名的书籍相对于那些沉沦忘川者，只能说是凤毛麟角。由于分子的布朗运动使一切由原子组成的物质时刻处在不停的变化之中，历史上的"三坟五典"，即便是铸在青铜或铁器上，经年累月也总有模糊不清的时候；至于那些著于竹帛纸张上的文字，纵然侥幸躲过了火灾水患，它们也会随着岁月的流逝而逐渐衰朽与风化。从这个意义上说，对于任何具体的文献承载物而言，"经毁书亡"其实是一条不以人的意志为转移的自然规律。

不难想见，历史上绝大多数作品在尚未广泛流传开来时就已化为岁月的尘埃，更不用说有多少作品胎死腹中或被扼杀在摇篮里。只要想一想鲁迅先生曾几度欲写长篇而终未如愿，想一想果戈理临死前焚烧《死魂灵》续作书稿……不难想见，即便是大师的作品，其问世也少有一帆风顺的时候，能得以流行与传世就更不是容易的事情了。至于一般作家的作品如得以腾播与名世，其概率也许只能与中彩票之类的事情相比照了。唯其不易，极少数幸运地得以流布的作品才显得珍贵。

汶川地震之后，重震区原来的美好家园瞬时变成废墟瓦砾。即便是那些从废墟中侥幸逃生的作者和读者，也可能再无法找回自己心爱的文稿与书籍，它们都已成为地狱之火的毁灭对象。按照古勒莫的说法，"图书馆天堂"在地震的那一刻彻底倾覆了。但网上的"图书馆数据"却火烧不灭，水淹不没，地震过后，"网络天堂"依然完好无损。

第二节 ●
　　　　　　　　　　　　　　　　　　　　　●
网络"悦读"的合理性及其局限 ●

　　有些人把读书说成是心灵的狂欢、智慧的盛宴、梦想的放飞，说成是怡情悦性的赏心乐事。如古人云："至乐莫如读书！"也有些人把读书看成是"修齐治平"的主要途径。如张载所说，读书人的使命就是"为天地立心，为生民立命，为往圣继绝学，为万世开太平"。还有些人认为，读书就是和作者隔空对话，交流思想和情感，获取智慧与信息。总之，在传统读书人眼里，读书既是一件苦事，也是一件乐事；对于不同的书，有的要"死读"，有的则要"活读"。但对于乐读什么和苦读什么，网络时代的读者与传统读者会有颇为不同的取舍；对于怎么死读和怎么活读，读书人与读屏者则各有各的招数。

　　众所周知，在传统阅读语境中，对于作者，讲究"知人论世"和"以意逆志"（孟子）；对于作品，则注重"披文以入情，沿波讨源"（刘勰）；对于读者，自然要求更多，仅是读书方法就难以尽述。例如，孔子提倡"温故知新"；孟子讲究"博学详说"；诸葛亮注重"观其大略"；陶渊明标榜"不求甚解";朱熹强调"熟读精思";苏轼倡导"八面受敌";如此等等，不一而足。可是，在这个弃书读屏的时代，虽不能说古人标榜的这些方法"信着全无是处"，但在这个"阅读"变为"听读""屏读""微读"的"悦读"时代，传统阅读过程中形形色色的理论与方法，是否仍然适用，是否通行无碍？对此，我们有必要结合具体情况做些具体分析。我们认为，从"阅读"走向"悦读"已成不可阻挡之势，其主要表现至少可以从以下几个方面略窥一斑：首先，从阅读的工具或载体看，从"读书"走向"读屏"已成大势。人们读"书"的时间越来越少，而读"屏"渐渐成为主流。其次，从阅读的对象和方式看，从"阅读"走向"越读"适逢其时。读屏已不再只与文字相关，甚至已不再只与视觉相关。屏上文本是集诗（文）、画（图）、乐（声音）、舞（视频）于一体的"网络超文本"，听觉功能的觉醒将会极大地超越和突破传统阅读的局限。最后，从阅读的心理动机和实际效果看，"苦读"变为"酷读"已不再是梦想。在这个"一机在手、乾坤在握"的"人机共舞"时代，为加大信息"脑库存"而奋斗的"苦读"已失去了往昔神圣的道德光环，传统阅读所面临的记忆和理解等难题也大都可以凭借网络搜索功能加以解决。更为重要的是，网络超文本不仅穿越了图像与文字的屏障，弥合了写作与阅读的鸿沟，时下盛行的移动阅读还能够把读者从书斋的囚笼中解放出来。

一、从"读书"到"读屏"

　　传统阅读主要是——读书，网络阅读主要是——读屏。从作为获取信息的方式看，读书与读屏似乎并没有本质上的分别。但在网络语境下，阅读行为正在悄悄发生变化。我们知道，互联网是个无边无际、无拘无定的赛博空间，是个"法无定法""唯变不变"的世界。网络文本这种如云水般随物赋形的"完全灵活性"，给阅读行为带来了繁杂而奇妙的不确定性。相对于传统文本而言，网络对阅读的影响是革命性的，它给人类的认知世界带来了全局性的变革，这种变革，横向辐射之深远，纵向震动之强烈，可以说都是史无前例的。

　　互联网吐纳天地、熔铸古今的博大胸怀，使方寸屏幕具有了超乎想象的包容性。事实上，即便是一款小小的手机，也隐含着整个互联网组成的"文献宇宙"（docuverse 一词，由 document——文献和 universe——宇宙截头去尾而成），这个"文献宇宙"使得文本之间相互依存、彼此对释、意义共生的潜能得到了最充分的呈现与迸发。因此，在"具备万物、横绝太空"的网络文本面前，任何辉煌灿烂的书面文本都将黯然失色。因为，即便是被誉为"恒久之至道，不刊之鸿教"的"三极彝训"，在"文献宇宙"中，也充其量不过是曾在历史长河中溅起过浪花的几滴水珠而已。

以《红楼梦》为例。我们知道，曹雪芹的这部名作，最初不过是一部没有结尾的残稿。但是，自这部"天缺一角"的奇书问世以来，它一直吸引着骚人墨客写出"补天之作"。据一粟编著的《红楼梦书录》所列，颇有影响的续作就有 30 部之多。它的残缺破损之处，反倒为雪片翻飞似的续作留下了翩翩起舞的"互文性"空间。谁料这种"结构性缺憾"，反倒成全了"残书"的"无限开放的无憾"？如果说《红楼梦》是漂浮于海面的冰山，那么，它沉浸在水中的主体部分，理应隐含着一个有如"文献宇宙"般的"幕后文本"。但是这个比文本本身丰富得多、精彩得多的"幕后文本"，对于一书在手的读者而言，只能靠想象去感受了。屏上"红楼"则不然，它不仅可观、可听、可唱、可玩，对于研究型的读者而言，它甚至可以顺着鲁迅所说的"见淫见易"等种种命意，将阅读意义的潜在可能性无限地挖掘下去。因为读屏可以充分调动多媒体功能，读屏者可以充分享受极尽视听之美的红楼艺术链的每一个环节。读者如果像年轻的郭沫若一样钟情于林黛玉，想看看何为"似蹙非蹙罥烟眉"，何为"似喜非喜含情目"，则不妨百度一下，即可找到王文娟、汪明荃、陈晓旭等数十位扮演过黛玉的演员形象做参照。

尼葛洛庞蒂说："在原子的世界里，物理上的限制使人们无法同等兼顾深度与广度，否则的话，你想要的书可能厚达 1 英里。"[1] 印刷出来的书很难解决深度与广度的矛盾，因为要想使一本书既具有学术专著的深度又具有百科全书的广度，那么这本书就会有一英里厚。而电脑则解决了这个矛盾。电脑不在乎一"本"书到底是一英寸厚还是一英里厚。如果有需要，一台网络化的电脑里可能具有 10 个国会图书馆的藏书量。[2] 实体书籍说到底是由原子（atom）组成的，页码再多，终有定数，所有传统阅读，如雅室独酌，酒器再大，能盛装的酒量也有限。网络信息则是无形的比特（bit）运行的结果，比特是不占空间、没有重量的幽灵，海阔天空，无挂无碍，所以网络阅读的情形是——"一方玉镜千江月，三寸荧屏万里天"。

网络空间的无限延展性赋予了"幕后文本"无中心、无构造、无主次的灵活多变的特点，显然，这是传统文本向往已久却永难企及的理想境界。当然，传统文本也并不总是重门紧锁的孤城，那些被阅读的文本，貌似一个自成一体的小世界，实际上那只是为对话提供一个相对静止的场景而已。法国学者罗兰·巴特在《S/Z》中所设想的理想文本，就是个网络交错、相互作用的一种无中心、无主次、无边缘的开放空间。理想的文本有如一片闪烁不定的群星，它由许多平

---

[1] 尼古拉·尼葛洛庞帝：《数字化生存》，胡泳、范海燕译，海南出版社 1997 年版，第 87 页。
[2] 程素琴：《数字出版传播特性研究》，中国广播电视出版社 2010 年版，第 47 页。

行或未必平行的互动因素组成。它不像线性文本那样层次分明，有固定的开头和明显的结尾。即便作者提笔时情思泉涌，搁笔时意犹未尽，但被订死于封面与封底之间的纸本，至少在形式上也是一个相对独立的小世界，有头有尾，有始有终。

由于网络文本使用的是一种非线性的多项链接，所以读者可以随心所欲地在相互链接的节点之间轻快跳转，形形色色的文本在聚合轴上任意驰骋。守着方寸荧屏里这个无限开放的文本世界，便足以"观古今于须臾，抚四海于一瞬"。简而言之，读书，是读者与作者之间"以字为媒"的隔空对话，读者聆听的是作者的独白。读屏，则是一种基于"文献宇宙"的人机互动和信息交流，读者面对的是整个"喧嚣与骚动"的世界。然而，从读书到读屏的所有神话般的惊人变化，都源于这样一个秘密——"方寸荧屏"背后，隐藏着一个亦可被称为"大数据"的"文献宇宙"。正是凭着这个"思接千载，视通万里"的"文献宇宙"，读屏者才能施展"魔法"，把阅读行为带到一种理想的艺术境界："刹那见终古，微尘显大千。"

二、从"阅读"到"越读"

"越读"是郝明义《越读者》[①]一书中反复阐述的一个有趣的概念。该著充满奇思妙想，"越读"的基本含义是网络阅读不再局限于书籍，甚至不再局限于视觉体验。郝明义标举的"越"字有 N 种含义："越过、越分、越轨、越障、越冬、越级、越界、越境、越礼、越权、越席、越野、越狱、越发、跨越、飞越、超越、优越、激越、卓越……"作者对这个"越"字的解释，可谓多姿多彩，令人目不暇接。究竟如何理解"越读"，我们不妨以人民教育出版社原编审周正逵先生的阅读理论为例略做阐发。周先生认为，阅读能力的培养仅仅靠字、词、句、段、篇的讲解和练习是远远不够的，还必须在理解的基础上进行训练。为此，他设计了一套行之有效的阅读方法，并将其概括为五个字——"参、美、比、议、写"。（1）"参"，即参读法：参阅资料，加深理解；（2）"美"，即美读法：有声有色，传神传情；（3）"比"，即比读法：同中求异，异中见同；（4）"议"，即议读法：发现问题，发表看法；（5）"写"，即写读法：边读边写，读写合一。[②]周先生的"阅读五法"显然是从传统阅读的视角来理

---

① 郝明义：《越读者》，人民文学出版社 2009 年版。
② 周正逵：《语文教育改革纵横谈》，教育科学出版社 2013 年版，第 135—136 页。

解阅读的，但也完全适合于对网络阅读的阐释。尤其是对网络阅读的多媒体、跨学科、无缝连接的跳转式"越读"的理解具有重要的启示作用。

先说"参读法"。网络阅读最大的优点之一就是搜索引擎的应用，它能变"大海捞针"为"探囊取物"。因此，网络为"参读法"提供了无穷的便利。在参阅资料方面，网络的优越性是无可限量的。这里有一个有趣的对比——季羡林的"想自杀"和何道宽的"幸福死了"——足以说明许多问题。博学多闻的季羡林教授，家藏万卷书，自称坐拥书城，睥睨天下，颇有王者风范。但藏书太多，也常常给他带来烦恼。平时像老朋友一样熟悉的书籍，急用时偏偏玩起了"躲猫猫"，千呼万唤不出来，逼得季老"简直想自杀"！他以仿诗自嘲说："只在此室中，书深不知处。"与此完全相反的另一个例子是翻译《理解媒介——论人的延伸》的何道宽先生，他在退休后的10年间，翻译了2000多万字的学术著作。记者问其高产秘诀时，他毫不犹豫地说，有了网络，如虎添翼。现在做学问的人"真是幸福死了"！过去要查点资料，东奔西突，南征北战，而且还往往劳而无功。现在完全不同了，无论想要什么资料，天文地理，古今中外，一键可得！

更值得欣喜的是，网络并不像书籍那样被动地等候读者查阅。许多网站还专为读者量身定制了"末页推荐"之类的"私塾先生"，它们以智能化的形式，为读者推荐最符合其喜好的同类书籍。例如，"安卓读书"的"末页推荐"，通过对读者的阅读记录、平均阅读时长等客观条件的综合分析，系统可以有效地推算出读者的阅读喜好，并从服务器的反馈中，测算出读者最有可能喜欢的书籍目录——而后，这些书目便会出现在"末页推荐"栏位。假如你平时甚好英国反乌托邦小说，那么在看完《美丽新世界》之后，"末页推荐"栏位就可能会向你推荐《一九八四》《动物庄园》等；如果你喜欢的是西方奇幻类小说，在你看完《魔戒》之后，系统就会推荐《龙枪》和《冰与火之歌》等。

再说"美读法"。美读讲究"有声有色，传神传情"。何为"有声有色，传神传情"？我们只要想象一下手机上方明朗诵《岳阳楼记》或乔榛演绎《蜀道难》的视频，就能轻易找到美读的完美范本了。网络对"声"与"色"的开掘是多方面的，它甚至可以使阅读由"看书"变为"听书"。如"懒人听书"软件，可以使他人随时为"我"美读。这比晚年视力不济的李贽等人的"借目阅读"还要方便许多。至于视频等将诗、画、乐融为一体的艺术化呈现会给阅读者带来什么样的享受，就更不用说了。凡是看过电视散文《江南》或《荷塘月色》的人，一定会对"美读"之美有更深刻的理解。

总之，网络阅读是一个在作者之间、古今之间、写读之间任意穿行跳转的诗意之舞，是心灵的狂欢、智慧的盛宴、梦想的放飞，是怡情快意的赏心乐事。传统阅读的极端情形是，有一千个读者就有一千个"哈姆雷特"；网络阅读的情况则更加复杂：同一个读者也可以读出一千个"哈姆雷特"来。在网络语境中，古今中外所有的"经学家""道学家""革命家""才子"和"流言家"的知识背景都是浑然一体的，没有孔孟老庄之别，也没有儒道骚禅之分，希腊罗马并驾齐驱，金人玉佛促膝而谈……一切学科界限，一切门户之见，在超文本世界里都已形同虚设。互联网像一个既没有此岸也没有彼岸的大海，承载着无数的舟船。虽然没有故土，却处处都是家园，无尽的连接、无尽的交错、无尽的跳转、无尽的历险……网上冲浪者，就像汪洋中的一条船，但他永远不用担心迷失方向。因为，网络备有包举宇内、吞吐八荒的搜索引擎，它总能让人在文本的汪洋中随时准确地找到航道。

从阅读心理学的角度看，读者的联想往往也和作者的思路一样错综复杂，千回百转。读者通过相应的视频、图像和声音以及可以任意跳转的超链接，将线性阅读变成一种多媒体"悦读"。《红楼梦》中描述林黛玉听《西厢记》时说，黛玉听到"原来姹紫嫣红开遍，似这般都付与断井颓垣"时，十分感慨缠绵；听到"良辰美景奈何天，赏心乐事谁家院"时，不觉点头自叹；听了"则为你如花美眷，似水流年"这两句，不觉心动神摇；又听见"你在幽闺自怜"等句，亦发如醉如痴，站立不住，便一蹲身坐在一块山子石上，细嚼"如花美眷，似水流年"八个字的滋味。忽又想起前日见古人诗中有"水流花谢两无情"之句，再有词中"流水落花春去也，天上人间"之句，又兼方才所见《西厢记》中"花落水流红，闲愁万种"之句，都一时想起来，凑聚在一处，仔细忖度，不觉心痛神痴，眼中落泪。

在林黛玉的脑海里，"姹紫嫣红""良辰美景""如花美眷""流水落花"等脆弱美丽、清雅虚幻的形象，以互文的形式构成了盘根错节的"超文本"——眼前耳边，戏里书外，往日今朝，千头万绪，凑聚一处。于是她点头自叹，与作者形成了同声相应、同气相求的忘情交流，并渐渐进入如醉如痴的共鸣境界。此时，读者与作者、语言与情感、戏文与诗文、心境与环境、黛玉与莺莺、《西厢记》与《红楼梦》……样样浑然一体，全然没有分别。至此，"心痛神痴，眼中落泪"的究竟是听《西厢记》的林黛玉，还是写《红楼梦》的曹雪芹？抑或是"神痴"于"林妹妹"的读书人？对于一个沉浸于《红楼梦》的读者而言，这一切不过是一团虚幻而杂乱的思绪与情感而已。如此复杂的审美体验，是很难给那些缺乏知识或缺少相应心境的读者带来应有的艺术想象的。相比之下，网络文本对经典作品的通俗化、快餐化、图像化、影视化、视频化等处理，为满足文学经典不同层次的消费需要，提供了多种渠道和途径。"旧时王谢堂前燕，飞入寻常百姓家。"网络文本把高雅艺术从贵族的深深庭院带到了大庭广众之下。对于文学阅读来说，从"阅读"到"越读"的这种变化，是福是祸，是喜是忧，真可谓一言难尽。或许我们也只能拭目以待。

三、从"苦读"到"酷读"

2005年初，笔者在微信朋友圈看到了一幅幽默画：孩子指着墙上"孙敬头悬梁""苏秦锥刺股"的"苦读图"问家长："这俩这是干吗呢？"家长回答说："是古代行为艺术家吧？"这个玩笑，似乎并不幽默，但它所涉及的古今读书观念的差异及其原因却值得我们深长思之。

有人说读者不外乎两种：一种是苦读者，另一种是乐读者。说到苦读，历史上有很多妇孺皆知的动人故事，如悬梁刺股、萤窗雪案、燃藜夜读、闻鸡起舞……一般说来，苦读者往往是为情势所逼或为名利所感，有一种不得已而为之的紧迫感，因而读书的目的性十分明确。或为颜如玉、黄金屋，或为金榜题名、光耀门楣，或为高职高薪、豪车豪宅，甚至为救亡图存、民族崛起。无论动机如何，在目的明确的苦读者看来，读书只是一种手段。因此，对于功利的读者而言，"读书"二字不能不意味着勤苦。

苦读作为一种美德，其核心是一个"勤"字，所谓"天道酬勤""业精于勤"都可以说是"苦读"观念中的应有之义。极而言之，"一勤天下无难事"。因此，苦读义近勤读，勤读是学有所成的不二法门。"勤快"的读者，会不会因"勤"至"快"，乐而忘忧，变成一个"乐读者"呢？这是有可能的！事实上，不少痴迷的苦读者，经年累月地"学而时习之"，自然而然地会修炼出"以苦为乐"的境界："富贵于我如浮云，诗书不知老将至"，"人生至乐，莫如读书"！孔子激赏的颜回，或许是2500多年前的"乐读标兵"："一箪食，一瓢饮，在陋巷，人不堪其忧，回也不改其乐。"所以，孔子一再感叹："贤哉，回也！"就这一点而言，乐读者往往不受功利性的束缚，把读书真正当成一种爱好，如此放开来读，孔孟老庄也罢，励志言情也罢，玄幻武侠也罢，乐意读什么书就读什么书，喜欢怎么读就怎么读。读书破万卷，下笔如有神。满腹经纶皆雅意，腹有诗书气自华。能达到这种境界的苦读客，也必然是些乐读人。

必须说明的是，这里的苦读也好，乐读也好，都可以理解为以传统阅读为描述对象的"看书学习"。传统阅读，以"苦读"为美德，以"勤读"为品格。网络阅读则不然。网络阅读，以"酷读"为时尚，以"悦读"为特色。感性、直观、愉悦等都是描述网络阅读特性时避不开的关键词。与传统阅读相比，网络阅读不仅是基于媒介革新的"读屏"，也不仅是基于阅读范式变革的"越读"，更重要的是阅读理念上的"悦读"与阅读心态上的"酷读"。

"苦读"与"勤读"何以能变成"悦读"与"酷读"呢？这要从网络文本的数字化革命说起。如前所述，网络阅读，尤其是移动阅读，已使单一的"视觉解码"变成了视听并用、奇观迭起的益智游戏。在网络语境中，每一作品都将"从符号载体上体现文本与文本之间的关系，或者某一文本通过存储、记忆、复制、修订、续写等方式，向其他文本产生扩散性影响。电子文本叙事预设了一种对话模式，这里面既有乔纳森·卡勒所说的逻辑预设、文学预设、修辞预设和语用预设，又有传统写作所没有的虚拟真实、赛博空间、交往互动和多媒体表达"[1]。正是这种集虚拟真实、交往互动于一身的多媒体表达功能，改变了传统文本的本质。不仅文学经典因此平添了多重身份，获得了千变万化的本领，即便某些平庸的作品，在无休止的变形改造过程中，也有可能成为优秀艺术品。

例如，当读者偶尔读到李可的一则博文时，谁会想到这千余字的随笔竟会成为催生"杜拉拉升职记"这一价值数十亿元的文化产业链的原创点呢？如今，由李可的网络小说，到姚晨主演的话剧、徐静蕾执导的电影、王珞丹主演的电视剧，再到美国艺电有限公司开发的白领益智游戏，《杜拉拉

---

① 欧阳友权：《网络文学本体论》，中国文联出版社 2004 年版，第 71—72 页。

升职记》完成了一次次华丽的蜕变，一步一个脚印地成就了网络经典的光荣与梦想。另一个例子是《亮剑》。曾被多家出版社拒绝出版的《亮剑》，一经网站平台发布，当即好评如潮。被改编成电视剧以后，竟然创造了5年重播3000多次的奇迹。"亮剑"一词也因此变成了所谓"共名"：部队演习称"亮剑"，公安机关扫黄打非也叫"亮剑"，整顿市场秩序要"亮剑"，厨师比武也要"亮剑"，大学里举办了上百个"亮剑"研讨班，电台还专辟了"亮剑"讲坛，酒厂开发了"亮剑"系列，网络游戏商倾力打造"亮剑"游戏……作者都梁真要后悔当初没有给"亮剑"二字申请一个专利！都梁作为一个从未写过任何作品的商人，在文学艺术的王国里竟然能一鸣惊人，一飞冲天！套用一句西方人论歌德的话来说，不是都梁塑造了《亮剑》，而是《亮剑》塑造了都梁。那么，究竟是谁塑造了《亮剑》呢？从网络"读写"的意义上说，是读者和观众！是诺依曼所谓"沉默的螺旋"[①]效应创造了网络时代的经典！很难想象，如果没有互联网的支撑，作为沉默的大多数的普通读者与观众，是否有机会把都梁的《亮剑》"读"成一部军旅文学的经典？

从一定意义上说，手机的各种"福利"，都是拜"超文

[①] 诺依曼：《沉默的螺旋：舆论——我们的社会皮肤》，董璐译，北京大学出版社2013年版。

本"所赐。我们注意到，超文本不仅跨越了图像与文字的界限，弥合了写作与阅读的鸿沟，而且还在文学、艺术和文化的各种要素之间，建立了一种交响乐式的话语狂欢和文本互动机制。它将千百年来众生与万物之间既有的和可能的呼应关系，以及所有相关的动人景象，都一一浓缩到了赛博空间中，将文学家梦想的审美精神家园转化成更为具体可感的数字化声像，打造出一个比真实世界更为清晰逼真的"虚拟现实"。对文学而言，这是一场触及存在本质的革命。那种认为超文本写作不过是"换笔"的说法，纯属肤浅的皮相之论。套用马歇尔·麦克卢汉的说法，数字化对文学的影响"不是发生在意见和观念的层面上，而是要坚定不移、不可抗拒地改变人的感觉比率和感知模式"[1]。从这个意义上说，超文本标志着文学存在本质的易位。作家首先得把数字符号转化为语言文字，其次，文本形态也由硬载体（书刊等）转向了软载体（网），在电脑中，数字书写和储存都已消除了物质的当量性。

这种转变说明，真正的"超文本文学"只能存在于网络上。如迈克尔·乔伊斯的《下午》、麦马特的《奢华》等就是如此。此外，真正的超文本应该永远处于开放状态，著

---

① 马歇尔·麦克卢汉：《理解媒介——论人的延伸》，何道宽译，商务印书馆2000年版，第46页。

名的"泥巴游戏"（MUD）其实就是一部永远开放、永未完成、多角互动性的集体创作的小说。多媒体是网络文学可以利用的又一重要资源，它不仅能使我们沉浸在纯文字的想象之中，还能让我们直接感知到与之相关的真实声音、人物的容貌身姿以及人物生存的环境等，甚至可以让我们与人物一起生活，真正体验人物的内在情感和心路历程。因此，真正的网络文学在叙事方法上与传统文学存在着巨大差异。如网络小说《火星之恋》在讲故事的过程中，不断有音乐、图片、视频相伴。在这里，体裁、主题、主角、线索、视角、开端、结局、边界这些传统文学的概念已统统失效。读者只须把鼠标轻轻一点，文本、图像、音乐、视频等数字化"军团"便呼啸而来，偶有感想，还可以率尔操觚，放开手脚风雅一把，互动一把。

超文本与超媒体的结合，极大地推动了文学图形化与声像化的发展步伐。影像作为一种更加感性的符号，它的日臻完美将对书籍——书写文化的传统保存形式——造成巨大压力，也使文字阅读过程中包含的理性思考遭到削弱。尼葛洛庞帝也曾经指出："互动式多媒体留下的想象空间极为有限。像一部好莱坞电影一样，多媒体的表现方式太过具体，因此越来越难找到想象力挥洒的空间。相反地，文字能够激发意象和隐喻，使读者能够从想象和经验中衍生出丰富的意义。阅读小说的时候，是你赋予它声音、颜色和动感。我相信要真正感受和领会'数字化'对你生活的意义，也同样需要个人经验的延伸。"① 其实，超文本不仅是我们"个人经验的延伸"，作为新兴媒介，它本质上也可以说是"人的延伸"。

在超文本语境中的阅读，如此丰富多彩，仿佛一切有如神助。"阅读"因之成为"悦读"，"苦读"因之成为"酷读"。"网络游戏、手机动漫、数码摄影、PPT 和 Flash 制作、微电影、QQ 表情、E-mail 皮肤、桌面图案、微相册、随手抓拍秀、博客图片珍藏，以及上网冲浪时满眼的 E 媒广告与新奇图片、迅速涌现并陆续上市的视频网站……数字技术便捷的粘贴复制和 PS 设计制作，使我们仿佛置身于声与色、图与形、光与影的无边海洋中。"② 传统文学中固然不乏所谓"图文并存"的作品，但那些图画与网络或微信上的艺术图像或高清视频相比，两者的差异完全不可以道里计。

但是，在为这种从读书到读屏的革命性变化欢呼、点赞的同时，我们也应该看到，"悦读"与"酷读"也有令人忧虑的一面。例如，图像对文字的挤占与排斥已成不可阻挡之势。在这种背景下，读屏的"养眼悦意"与读书的"深思熟虑"，何时以及怎样达到深度交融互补，我们似乎也只能拭目以待。在恣情快意的"悦读"与"酷读"成为时尚的今

① 尼古拉·尼葛洛庞帝：《数字化生存》，胡泳、范海燕译，海南出版社 1997 年版，第 17 页。
② 欧阳友权：《新媒体的技术审美与视觉消费》，《中州学刊》2013 年第 2 期。

天，如何防止图片遮蔽文字，如何避免悦目取代阅读，如何拒绝娱乐妨害思考，如此等等，都是我们不得不面对的难题，毕竟，"娱乐至死"的警钟正在当当作响，我们在尽享"悦读"之乐的同时，切不可忘记警钟为谁而鸣。

网络时代，人们的日常生活和文化环境都在经受着大河改道式的巨变。这些巨大变化，大多得益于互联网技术。众所周知，随着以网络技术为支撑的大数据与云计算技术的快速升级更新，昨天是"数字化"的地球村，今天便是"数据化"的云天下。"数字"与"数据"之间，虽然只有一字之差，但二者境界之不同，不可以道里计；昨天，麦克卢汉的"媒介即讯息"被奉为圭臬，今天，波兹曼的"媒介即隐喻"则俨然占尽风头。尤为令人大开眼界的是，雄霸哲学王座数千年的"因果关系"，在大数据时代居然被迫禅位给了"相关关系"！在举头"云端"、抬手"终端"的数据化生存语境下，"事实早已不再是事实"，以事实为基础的知识大厦在虚拟世界非线性"相关"的条件下轰然倒塌。知识爆炸、信息冗余、资讯超载，实用主义专家随处可见。在这个大数据时代，我们每个人都已变成了深不可测的知识海洋中一条不知何去何从的小鱼！当代人在日常生活的道路上，时时刻刻都有可能被数据化的斯芬克斯之谜困住前进的脚步。

在这个大而无边的知识海洋里，数据就是一切，或者说一切都只是数据，事实已不再是传统意义上的事实，即所谓

"网络事实"已不再是印刷时代那种"被视为社会基石的事实"。"我们看见事实被人捡起来，摔到墙上，它们自相矛盾，分崩离析，被夸大被模仿。我们正在见证牛顿第三定律的事实版本：在网络上，每个事实都有一个大小相等、方向相反的反作用力（On the Net，every fact has an equal and opposite reaction）。这些反作用的事实可能错得彻头彻尾。的确如此，当事实的真相自相矛盾时，至少有一个事实是错误的。但是，这种持续的、支持多方的、每个事实相互连接的矛盾性，改变了事实的性质以及事实对于我们文化的作用。"[①] 那么事实是如何实现"数据化生存"的呢？温伯格的解释是"网络化"。因为我们新的信息技术设施恰好是一个超链接的出版系统，它将我们"眼见的事实"链接到一个不受控制的网络之中。当我们要了解一个事实，最简单的办法就是把事实与事实的来源链接起来，但是，网络数据不只是统一了信息和出版的系统，它实际上可以说是一个全世界无产者／有产者的大联盟，一个以"网络事实"为基石的"伊托邦"（E-topia）。

在这个数据化生存的"伊托邦"里，任何事实都不再"确切地"拥有人们"各是其是"的"真相"，人们遭遇的大

---

① 戴维·温伯格：《知识的边界》，胡泳、高美译，山西人民出版社 2014 年版，第 62 页。

量信息都是已经被数据化处理过的碎片化"网络事实"。至于我们所关注的作家、作品以及与此相关的文论与批评，也都毫无例外地相应启动了脱胎换骨的"数据化"程序。在"相关关系"替代了"因果关系"的大数据语境中，那些以文学史实或事实为根基的传统文学观念，也都相应地发生了不同程度的变化，在这一系列的变化中，文学批评的变化最为明显。

第三节
中国网文出海现状与发展态势

进入 21 世纪以来，中国网络文学在促进文化交流方面做出了巨大努力，以"讲好中国故事"为策略，塑造了大量具体、鲜明、生动的艺术形象，向世界展示了可信、可爱、可敬的中国形象。2022 年，网络文学在海外传播方面出现了如下几个方面引人注目的新气象。

一、生态出海渐成规模，全球格局已现雏形

近年来，中国网络文学在推动中华文化"走出去"的过程中，注重文创理念，发力全球市场，一步步实现了从内容到模式、从区域到全球、从输出到联动的整体性转型。网络文学作为构建中国叙事体系的载体，在文化出海方面表现出引领风尚的潜质，已具备进军西方主流文化市场的实力，成为新时代讲好中国故事的生力军。2022 年，中国网络文学海外作者和读者的"年轻化"趋势显著，国内外流行的内容题材和类型模式出现同频共振态势。网络文学 IP 生态的国内

国际双循环格局初显，海外原创 IP 开发风生水起，开始反哺国内内容生态。截至 2022 年底，中国原创网络文学作品授权数字出版和实体图书出版数量可观，涉及日、韩、东南亚地区，以及美、英、法、俄等欧美多国，仅阅文旗下授权作品就突破 900 部，如《鬼吹灯·精绝古城》英文版、《庆余年》韩文版、《凡人修仙传》韩文版、《全职高手》日文版、《诡秘之主》泰文版、《择天记》法文版等。截至 2022 年底，线上译作新增 3000 余部，多部译作累计阅读量破亿次，如《天道图书馆》阅读量超过 1.54 亿次。海外用户通过阅读网络文学作品深入了解中华传统文化和当代中国的时代风貌，"中国"相关词汇在用户评论中累计出现超 15 万次，"道文化""武侠""茶艺""熊猫"等中国元素关键词提及次数破万次。简而言之，2022 年中国网络文学生态出海格局已初步形成。

二、智能翻译突飞猛进，海外原创捷报频传

进入新时代以来，日益成熟的中国网络文学的海外传播进入迅猛发展阶段。从早期的临时版权出售，到后来翻译网站的多点开花，再到近年来网络文学生态出海，网络文学在实现作品海外走红、产业对外输出的过程中，将中国文学的生产方式推向世界，并在世界各地落地开花、开枝散叶。在

日新月异的人工智能技术推动下，特别是自动生成图像、音频和视频技术的加持下，迅速崛起的中国网络文学的生产与消费模式，完全有可能重新绘制世界文学版图。

由中国音像与数字出版协会提供支持的《2023中国网络文学出海趋势报告》指出，2023年是AI翻译大显身手的一年，网络小说"一键出海"的梦想终于变成了现实。该报告显示，截至2023年10月，中国网络文学作品的翻译语种已达20多种，覆盖了东南亚、北美、欧洲和非洲的40多个国家和地区，网络文学正成为中国文化海外传播体系的重要组成部分。仅阅文旗下海外门户起点国际（WebNovel）就已上线3600部中国网络文学译作，同比增长110%。2023年度海外阅读量最高的5部作品《超级神基因》《诡秘之主》《宿命之环》《全民领主：我的爆率百分百》《许你万丈光芒好》分别对应玄幻、西方奇幻、游戏竞技、都市言情等不同题材类型，它们正是中国网络文学出海类型多样化的缩影。

网络文学成功出海，不仅是网络文学繁荣的表征，同时也是中国文学在世界舞台上的一次重要转变。有研究者指出，近现代以来的中国文学长期处在西方现代文学的追赶者、学习者，甚至模仿者的位置上，这不仅体现在作家和作品层面的文学技巧上，更体现在文学生产方式上。当网络文学在中国横空出世之后，我们开始意识到，西方根植于印刷资本主义的文学生产方式的强势输出，曾经对中国文学发展产生了很大影响。而网络时代的到来，为新的文学生产方式提供了技术条件和活动空间，使文学艺术终于进入了一个超越印刷资本主义的数字媒介时代。

三、出海调研数据看好，未来发展前景可期

　　党的二十大报告提出："增强中华文明传播力影响力。坚守中华文化立场，提炼展示中华文明的精神标识和文化精髓，加快构建中国话语和中国叙事体系，讲好中国故事、传播好中国声音，展现可信、可爱、可敬的中国形象。"[1] 近年来，特别是抗疫期间，中国网络文学在海外传播方面踔厉奋发，勇毅前行，取得了令人欣喜的成绩。以 2022 年度为例，海外原创作家数量激增，引发业内关注。据统计，自 2018 年起点国际推出海外原创功能以来，海外原创作家数增速迅猛，年复合增长率达 81.6%。截至 2022 年底，起点国际共培育海外原创作家 32.7 万名，其中美国、菲律宾、印度、英国、加拿大的作家数名列前茅。与国内网络作家"年轻化"趋势相呼应，海外原创作家中年轻人也已成为中坚力量。其中，"95 后"作家占比为 29.5%，"00 后"作家占比

---

[1] 习近平：《高举中国特色社会主义伟大旗帜　为全面建设社会主义现代化国家而团结奋斗——在中国共产党第二十次全国代表大会上的报告（2022 年 10 月 16 日）》，人民出版社 2022 年版，第 45—46 页。

为 37.5%，"Z 世代"占比超 66.66%。截至 2022 年底，中国网络文学出海译作总量超过 50 万部，形成 15 个大类 100 多个小类，其中都市、奇幻、电竞、科幻等题材的作品更是频频火爆。

2023 年底的调研资料表明，在中国网络文学的影响下，海外原创网络文学呈现出日益繁荣的态势，仅起点国际就在海外培养了 40 万在地原创作家，如今，海外网络作家覆盖全球 100 多个国家和地区，其中，美国网络作家数量居于首位。海外网络作家的快速增长，带动海外网络文学呈现出百花齐放的原创生态。截至 2023 年 10 月，起点国际已上线海外原创作品约 61 万部，比三年前增长了 280%。

就创作而言，海外原创作家深受中国网络文学类型创作的影响。国内火爆的"重生""系统流""无敌流""凡人流""女强"等文类，在海外原创的 261 个标签中位居前十。同时，海外作家融合"狼人""吸血鬼""精灵""魔法""超能"等元素，在传统西幻流派上探索出了自己的类型风格。阅读方面，2022 年度起点国际累计访问用户数达 1.68 亿人，遍及全球 200 多个国家和地区，覆盖共建"一带一路"国家。其中，"Z 世代"占比高达 75.3%。从国家分布来看，美国的用户数量位列第一，澳大利亚、英国、加拿大等主要英语国家的用户数也进入前十行列。2022 年，海外网络文学原创 IP 孵化稳步推进，多语种网络出版、有声、动漫、影视等是主要的开发形式。自 2019 年起点国际举办全球年度有奖征文品牌活动（WSA）以来，已有约四成获奖作品进行了 IP 开发，合作团队来自美、印、韩、泰等国家。其中，《沉迷之爱》《爱的救赎》等已在韩、泰网络出版，《沉沦爱的冠冕》《邪恶之剑的诞生》等已改编为有声作品；《龙王的不眠之夜》等多部海外网络文学作品已改编成漫画作品在腾讯动漫上线，反哺国内数字文化产业发展。

事实证明，中国网络文学具有得天独厚的共情力和感染力，在增强中国文化的国际传播力和影响力方面具有独特优势。网络文学海外传播的迅猛发展，既有利于促进文化交流，深化文明互鉴，推动中华文化更好地走向世界，也正在为营造尊重中国历史、热爱中国文化、理解中国精神的良好国际氛围做出越来越大的贡献。

研讨专题

1. 网络文学阅读与传统文学阅读有何异同？

2. 网络文学"读者"为何被称为"用户"，这一称谓的变化有何内在意义？

3. 应该如何看待网络文学消费中的泛娱乐化倾向？

4. 中国网络文学的海外传播现状及其发展态势如何？

5. 如何理解网文出海对中国文化国际传播的现实意义和理论价值？

拓展研读

1. 马歇尔·麦克卢汉:《理解媒介——论人的延伸》,何道宽译,商务印书馆 2000 年版。

2. 戴维·温伯格:《知识的边界》,胡泳、高美译,山西人民出版社 2014 年版。

3. 邵燕君主编:《网络文学经典解读》,北京大学出版社 2016 年版。

4. 欧阳友权主编:《网络文学三十年理论评论典藏》,湖南文艺出版社 2023 年版。